Rita Lell

Wie sie glücklich werden

Impressum

© 2019 Rita Lell

Herstellung und Verlag:
BoD - Books on Demand, Norderstedt

Bildnachweis:
Stefanie Lell: Seite 94
Portrait Umschlag: Brigitte Lang
weitere Bilder: Rita Lell

Layout:
Inhalt: Rita Lell

Lektorat: Agnes Hierl
Inge Marxreiter
Anna-Lena Schnaudt

ISBN: 9783750413344

www.ritalell.de

Friedhof Pérre Lachaise, Paris

Waltraud

Es ist ihr nach Erinnerungen an Italien zumute, der Frühsommertag beginnt vielversprechend.

Isabel hat Lust auf Pizza mit einem Glas vom trockenen Rotwein, den sie gestern gekauft hat. Frische Hefe war im Kühlschrank, der Hefeteig kann angesetzt werden und im angewärmten Backrohr in Ruhe aufgehen. Waltraud, eine liebe Freundin, wird um die Mittagszeit kommen, das passt perfekt.

Der Vormittag lockt mit seinem lauen Wetter zu einem Ausritt in den angrenzenden Wald. Der Teig hat Zeit zum Aufgehen, er braucht sie nicht, alle Zutaten sind vorbereitet. Isabel macht sich auf den Weg in den Stall zu ihrem Lieblingspferd Jo. Sie hat eine Zucht mit natürlicher, artgerechter Pferdehaltung aufgebaut. Alle ihre Pferde sind entspannt und gut erzogen. Jo trottet brav neben ihr zum Sattelplatz, lässt sich genüsslich putzen, indem er den Kopf streckt und einen langen Hals macht. Hufe auskratzen, den Sattel auflegen, die Trense über den Kopf streifen und los geht`s. Leicht lässt Isabel sich in den Sattel gleiten und lenkt Jo mit langem Zügel aus dem Hof in den einladenden Waldweg.

Sie liebt das Licht, das in leuchtenden Grüntönen durch die Blätter und Nadeln fällt. Sie genießt es sehr, mit dem vertrauten Pferd durch den Wald zu streifen. „Es ist das perfekte Glück", denkt sie insgeheim. Diese Momente erkennen, ist vermutlich der Vorteil des Glücklichen.

Wie es auch sei, Isabel verschmilzt mit dem sanften Trab ihres Pferdes auf dem moosigen Waldboden. Jos Ohren zeigen seine große Aufmerksamkeit für die Umgebung. Isabel gibt ihm die nötige Sicherheit, beide verlassen sich aufeinander. Mit wachen Sinnen tauchen sie ein in das Wunder der Natur. Ein Gruppe Rehe bleibt auf der Lichtung stehen, sie flüchten nicht so leicht, wenn der Mensch auf einem Pferd sitzt, jeder Reiter kennt das Phänomen.

Auf ihrer gewohnten Runde begegnet ihnen kein Mensch. Sie kommen berauscht von den Eindrücken auf den Hof zurück, als das Cabrio von Waltraud einfährt.

„Ich bin viel zu früh", gibt Waltraud hektisch von sich. Isabel lenkt ihren Jo neben Waltrauds Auto, strahlt über das ganze Gesicht und antwortet entspannt: „Schön, dass du hier bist, ich freu mich riesig. Geh schon mal in den Wintergarten und mach den Rotwein auf. Ich bring noch schnell mein Pferd auf die Weide." Sie steigt ab und führt Jo zum Sattelplatz im Stall.

Waltraud lächelt gequält zurück, kruschelt in ihrem Wagen, schaut ob die Haare sitzen und kontrolliert den Lippenstift.

„Das kann dauern", denkt Isabel und nimmt sich alle Zeit der Welt, um ihr Pferd zu versorgen.

Wenn sie mit Pferden arbeitet, ist sie automatisch die Ruhe selbst. Es sind Fluchttiere, die eine Entschleunigung einfordern und den Menschen auf sich selbst und auf das Jetzt besinnen lassen. Jeder Handgriff sitzt, er ist ruhig und gewohnt und bedingt das Vertrauen des Tieres. Hektik wäre hier fehl am Platz. Isabel lässt die Trense aus Jos Maul gleiten, nimmt den Sattel ab, kratzt die Hufe aus. Er ist in der Sattellage nass geschwitzt, darum bekommt er eine leichte Abschwitzdecke aufgelegt und wird auf die Weide entlassen. Er trabt freudig zu seinen Kameraden und macht noch einen Buckler voller Übermut zum Abschied.

Neugierig auf ihre Freundin betritt Isabel den Wintergarten, denn sie hat Waltraud jahrelang nicht gesehen. Die Korbsessel sind allerdings noch leer, Waltraud kommt jetzt erst nervös in den Raum, sie umarmen sich symbolisch. Bei ihr stimmt wieder alles, die Frisur, der Schal, die Nägel, der Lippenstift, die Schuhe, die Handtasche, einfach alles passt perfekt zusammen. Isabel weiß, wie viel Mühe darin steckt und wie viel Zeit Waltraud dafür aufwenden muss. Eigentlich ist es ihr Lebenssinn, den sie unbedingt immer zur Schau stellen muss.

Für Isabel eine extrem langweilige Angelegenheit. Nichts ist ihr gleichgültiger als diese aufgesetzte, künstliche Perfektion.

Aber sie schätzt Waltraud, eine Freundin aus der Schulzeit, ein lieber Mensch, durch und durch warmherzig, aber ausgesprochen unsicher. Sie will ihr einen schönen Tag bereiten.

„Bei dir ist es so unkompliziert, wie machst du das, Isi", lobt Waltraud. „Hier fühlt man sich gleich richtig wohl." Isabel bedankt sich, entschuldigt sich für die Wartezeit und macht den Vorschlag, in der Küche weiterzureden, damit sie die Pizza ofenfertig machen kann.

„Du isst Pizza und trinkst Rotwein, wie machst du das mit deiner Figur?" fragt Waltraud. Sie war immer auf Diät, ihr ganzes Leben lang, denn ohne Einsatz keine Traumfigur.

Zumindest denkt sich Waltraud das so. Ihre Mutter hatte auch einen Perfektionsanspruch, was ihr Äusseres, ihre Wohnung, ihren Mann usw. betraf. Sie hatte keinen besonderen sozialen Status, fühlte sich dennoch von geldigen Kreisen angezogen.

Wie es auch sei, Waltraud war eine sanfte, liebenswerte Freundin, mit der sie seit der Schulzeit Kontakt hielt. Die letzen Jahre haben sie sich aus den Augen verloren. Umso mehr freut sich Isabel über das spontane Auftauchen der perfekten Waltraud.

Die Pizza entfaltet ihr Aroma im Backrohr, der Rotwein wird eingeschenkt, die beiden nehmen im Wintergarten Platz. Waltraud verlangt nach Wasser und nippt vorsichtig. Sie bekundet, dass sie sich auf das Essen freut, kramt aber Reiswaffeln aus ihrer Handtasche und fängt an zu knabbern.

„Jetzt isst sie wieder nichts", denkt Isabel im Geheimen. „Ist mir aber sowas von egal, ich freue mich auf die Pizza."

Sie will gerne wissen, wohin Waltraud die letzen Jahre verschwunden war und fragt vorsichtig nach. Es wäre nicht Waltraud, hätte sie nicht eine perfekte Erfolgsstory. Sie hatte so gute Angebote von Werbefirmen bekommen, dass sie nicht ablehnen konnte. Sie arbeitete in München, dann in Salzburg und in Hamburg.

Jetzt hätte sie genug von dem Vagabundenleben, sie war so sehr auf Karriere programmiert, dass sie es satt hat, die schicken Appartements und Autos, ohne wirkliche Freunde und Lebenssinn. Das möchte Waltraud jetzt ändern und denkt sofort an ihre alte Freundin Isabel, als hätte diese das Rezept für eine erfolgreiche Daseinsbewältigung.

Die Zeit vergeht im Flug, man nimmt einen Nachmittagskaffee. Isabel fragt gar nicht danach, ob Waltraud einen Kuchen wünscht. Sie hat zwei Reiswaffeln und ein kleines Eckchen Pizza verspeist, vom Rotwein genippt und erzählt. Ihre Karriere macht gewaltige Sprünge, sie verhilft Produkten und Firmen zu beachtlichen Markterfolgen und wird dann natürlich immer gerne gebucht. Sie will sich selbständig machen und nur noch gezielt an Erfolgsstories arbeiten. Genauso wie ihre Erscheinung stylt sie auch Produkte und Projekte für die Augen der Öffentlichkeit. Es ist ihr Ziel und ihre Intention, das Werbeobjekt so darzustellen, dass alle haben wollen was sie anpreist, zumindest Käufer, die gestrickt sind wie Waltraud.

Darum erscheint es Isabel ideal, wenn sie sich Werbeobjekte aussucht, die ihr liegen und sie somit genau die richtige Interessentengruppe anspricht.

„Wahnsinn, das ist es!" Isabel ist begeistert und lobt Waltraud, dass sie doch so viel geschäftstüchtiger ist als sie selbst.

Die Freundin freut sich über die Bestätigung und will Freunde anrufen. Ihr Handy hat Funkprobleme, darum reicht ihr Isabel das mobile Telefon ihres Festnetzes.

Geschäftig gestikuliert Waltraud, wodurch ihr das Telefon aus der Hand gleitet und auf den Boden fällt. Mit einem ärgerlichen Klacks löst es sich in seine Bestandteile auf, der Deckel des Batteriefachs und die Akkus verteilen sich im Wintergarten, mitsamt der Reiswaffel, die Waltraud am Tellerrand liegen hat.

Die beiden Hunde von Isabel stürzen sich auf die Leckerei, mit der sie Waltraud schon länger angefüttert hat.

„Das ist kein Problem", meint Isabell „das ist mir auch schon passiert" und sucht die Teile des Telefons zusammen. Aber, es findet sich nur der Deckel des Akkufaches und ein einzelner Akku. Der zweite wird von den Frauen akribisch gesucht, noch dazu als Isabel zu Bedenken gibt, dass ihn ein Hund verschluckt haben könnte. Mit Batterien im Magen ist schließlich nicht zu spaßen. Isabel wird ärgerlich, das hat sie nun davon, die überzogene Freundin zu betütteln.

Nach einer halben Stunde erfolgloser Suche greift Isabel zum fest angeschlossenen Telefon im Büro und ruft den Tierarzt an.

Der spricht Warnstufe eins aus und rät, sofort zu kommen, um die Hunde erbrechen zu lassen.

Sie macht sich ohne Zögern auf den Weg. Waltraud verabschiedet sich verstört.

Nachdem Isabel das Haus verschlossen, Jo die Abschwitzdecke abgenommen und das Navi im Auto programmiert hat, fährt sie mit beiden Hunden los zur Kleintierklinik. „Das hat mir jetzt gerade gefehlt", spricht Isabel mit den Hunden und bemüht sich, ruhig zu bleiben und konzentriert zu fahren.

Gut angekommen, müssen erst die Formulare ausgefüllt werden. Es herrscht eine bedrückende Stimmung in der Tierarztpraxis, ein Hund wacht aus seiner Narkose auf und jault jämmerlich. Das Personal ignoriert das gewohnte Hundegewimmer und huscht eilig von Behandlungszimmer zu Behandlungszimmer. Es ist Hochbetrieb in den Abendstunden, denn alle niedergelassenen Tierärzte haben bereits geschlossen. Wer dringend eine Behandlung braucht, kommt in die Tierklinik, die Tag und Nacht Bereitschaft hat.

Ein riesiger Kater wird in einer Katzenfalle hereingetragen. Er treibt sein Unwesen auf einsamen Bauernhöfen und attakiert friedliche Bauernkatzen bis auf Blut. Das hat dem Streuner das Aufstellen einer Falle eingebracht, in der er nun gefangen ist. Was wird ihn jetzt erwarten, sicher nichts Schlimmes, oder doch? Eine Kastration könnte sein Schicksal sein, nachdem abgeklärt wird, ob er gechipt ist und eventuell doch einen Besitzer hat. Natürlich ist er hier unter Tierfreunden und wird an einen liebevollen Platz vermittelt, sofern er vogelfrei ist.

Dann bekommen die beiden Hunde von Isabel jeweils eine Spritze, die zum Erbrechen führt. Ein Raum wird mit Papier ausgelegt, es soll zehn bis fünfzehn Minuten dauern. Wie zu erwarten gelingt es, der Rüde erbricht die Reiswaffeln mit Magensäure und die Hündin Lisa schließt sich bald an. Sie verträgt die Prozedur jedoch ganz schlech, hat einen Kreislaufzusammenbruch und liegt japsend am Boden. Die aufgeregte Tierärztin beteuert, dass sie so etwas nie erlebt hat und spritzt ein Gegenmittel, wodurch es Lisa bald besser geht. Sie ist schon dreizehn Jahre alt und steckt das Erbrechen nicht so gut weg, wie der Rüde Amigo. Diese Spritzen führen zu einer großen Übelkeit, wodurch das Erbrechen ausgelöst wird, klärt die Tierärztin auf. Es ist schlimm für die Hunde, doch bald überstanden. Aber die Batterie bleibt verschwunden.

Jetzt beginnt die zweite Phase der Suche und zwar mit dem Röntgenapparat. Auch hier wird man nicht fündig, was die Tierärztin veranlasst, in der Giftzentrale anzurufen und hier Rat einzuholen. Dieser lautet: „Die Batterie muss raus!" Sie müsste mit einem Endoskop geortet und entfernt werden. Es ist gut möglich, dass man eine Aluminium Batterie auf dem Röntgenbild nicht sehen kann. Die Tierklinik arbeitet nicht mit einem Endoskop und die Tierärztin bietet an, Nachforschungen anzustellen, wer diese Behandlung macht.

Jetzt zieht Isabel die Notbremse und beschließt wieder heimzufahen und den Lauf der Dinge abzuwarten. Die Tierärztin rät, viel zu füttern, damit die Darmpassage beschleunigt wird.

Teils erleichtert fährt Isabel nach Hause, sie ist sich eigentlich sicher, dass keiner ihrer Hunde einen Akku frisst. Aber wo ist er abgeblieben? Isabel verbringt den Rest des Abends mit Batteriesuchen und Füttern. Sie schaut ständig nach den Hunden und geht früh zu Bett. Die Nacht bleibt ruhig, sie macht weiter mit Füttern und Hundebeobachtung, als das Telefon am Morgen klingelt. Sie eilt ins Büro zum fest angeschlossenen Apparat, denn das mobile Telefon ist ja ausser Betrieb. Es fehlt ihm ein Akku!

Marianne ist am Apparat, sie fühlt sich alleine und will einfach nur ratschen. Auch für Isabel ist es angenehm, mit jemanden über ihren Tierarztbesuch zu sprechen. Bald konzentriert sich das Gespräch aber auf Waltraud. Denn auch Marianne hat dazu einiges auf Lager, das weiter verbreitet werden muss.

„Unsere Waltraud hat in der Stadt alle gehobenen Restaurants zur Verzweiflung gebracht", erzählt Marianne aufgeregt. „Ihre Freunde haben das nicht so mitbekommen, dass Waltraud in den teuersten Lokalen Essen bestellt und dann ihre Zeche nicht bezahlt. Sie ist immer alleine dorthin gegangen, hat sich die ausgefallensten Speisen bestellt, sie aber dann nicht gegessen und auch nicht bezahlt."

„Wie kann das gehen?" fragt Isabel.

„Waltraud hat mehrere Stufen einer Strategie angewandt. Zuerst ist ihr übel geworden, zumindest hat sie das vorgegeben. Sie hat im Lokal herumgestöhnt und wurde kreidebleich. Der Wirt hat sie dann gerne gehen lassen, um seinen Ruf nicht zu gefährden. Einmal holte sie sogar ein Sanka ab, aber immer hat sie nichts bezahlt. Akribisch hat sie aufgepasst, das gleiche Lokal nur noch zu betreten, wenn andere Ober Dienst hatten. Aber als der Rettungswagen zum zweiten Mal kam, ist die Sache aufgeflogen. Sie wechselte die Lokale gleichmäßig durch, die Auswahl wurde immer dünner und Waltraud immer bekannter. Darum änderte sie die Strategie und es kam eine neue Masche zum Tragen. Waltraud machte sich eine Liste mit etwas weniger exklusiven Restaurants, in denen sie noch unbekannt war. Sie packte sich Ungeziefer in die Handtasche und setzte es auf die frisch aufgetragenen Speisen. Mit einem Schrei spielte sie die Erschrockene, die Teller wurden schnell abgetragen. Alle

Versuche, ihr andere Speisen zu bringen, tat sie mit Appetitverlust ab und verließ das Restaurant", erzählt Marianne.

Isabel setzt sich erst mal hin, denn diese Schilderungen hören sich nach einem längeren Telefonat an.

„Das glaube ich nicht, warum soll sich Waltraud Gerichte bestellen, die sie gar nicht essen will", gibt Isabel zu bedenken.

„Das ist mir auch ein Rätsel, vielleicht will ihr jemand Böses und verbreitet Unwahrheiten über sie", räumt Marianne ein.

Wie konnte Waltraud anderen Menschen Schaden zufügen wollen. Hat sich Isabel so sehr in ihrer Freundin getäuscht! Dann bedenkt sie ihren Perfektionswahn und die erfolgsgesteuerte Lebensweise und kommt ins Grübeln. Irgendetwas stimmt nicht mit ihr.

Die Freundinnen wechseln das Thema und telefonieren wie gewohnt noch eine ganze Stunde.

Dann ist es wieder Zeit zum Hundefüttern. Wenn heute nichts mehr passiert, sind sie außer Gefahr. Der verlorene Akku müsste den Magen und den Darm passiert haben und ausgeschieden sein. Würde er jedoch dort liegenbleiben und die Säure auslaufen, könnte die Darmwand verätzt und zerstört werden. Eine große Operation wäre unausweichlich und katastrophal für den Hund. Isabels Nerven wären am Ende und in ihrem Geldbeutel ein riesen Loch.

„So kann`s gehen", denkt sich Isabel, als das Telefon klingelt. Zu allem Überfluss ist Waltraud dran. Besonders freundlich flötet sie in den Hörer: „Stell dir vor Isi, als ich meine Tasche wechseln will, fällt mir doch der Akku entgegen, den du gestern gesucht hast. Er ist in meine Tasche gesprungen und wir haben es nicht bemerkt."

„Gott sei Dank! Er ist wieder aufgetaucht, der Akku", antwortet Isabel. Sie beherrscht sich und bleibt freundlich, obwohl sie sehr wütend ist. Eigentlich kann Waltraud nichts dafür, es war ein Missgeschick mit unangenehmen Folgen, das kann sie Waltraud nicht anlasten. Aber sie traut sich, nach den Gerüchten über die Zechprellerei zu fragen. Da kommt ihr die Freundin jetzt gerade recht!

„Was ist eigentlich dran, dass du Wirte in die Verzweiflung treibst und dein Essen nicht bezahlst?" fragt Isabel. Es herrscht eine bedrückende lange Pause. „Wie kommst du denn darauf Isi?" weicht Waltraud aus.

„Ich höre das nun schon öfter, da muss doch etwas dran sein an den Gerüchten", fährt Isabel fort.

Wieder eine lange Pause. Dann kommt Waltraud zögernd zur Sache. „Ich bin doch so geplagt mit meinem Gewicht. Wenn ich nicht teuflisch aufpasse, nehme ich von jedem Bissen zu. Zum Glück habe ich eine Methode gefunden, um jedes Gramm ganz schnell wieder abzunehmen. Eine Heilpraktikerin hat mich auf diese Möglichkeit aufmerksam gemacht und ich wende sie jede Woche erfolgreich an", versucht Waltraud zu erklären. „Es funktioniert super, wenn ich mich auf ein besonders gutes Essen freue, dann stellt der Körper Verdauungssäfte bereit und fängt an, Fettreserven zu verbrennen. Der Abbau von unnötigem Fett kommt damit richtig in die Gänge. Ich nehme ab und wiege nach dem Restaurantbesuch weniger. Somit gehe ich leichter heraus als hinein. Dadurch kann ich mein Gewicht immer niedrig halten."

Wieder eine Pause, denn Isabel verschlägt es die Sprache.

„Du meinst, du bestellst dir Speisen und nimmst beim Warten ab. Damit du sie nicht essen musst, erfindest du etwas, um das Lokal verlassen zu können", fasst Isabel zusammen.

„Ja richtig, liebe Isi, damit spare ich auch das Bezahlen, denn ich könnte mir die teuren Restaurantbesuche gar nicht leisten."

„Ich weiß, man darf das nicht machen und ich muss damit aufhören, aber mein Gewicht bringt mich noch um."

„Ja dann bist du jetzt durch mit dem Unfug?" fragt Isabel.

„Ich muss mich auf meine Karriere konzentrieren, darum will ich ja in die Selbständigkeit, um voll ausgelastet zu sein. Hoffentlich werde ich nicht zu einem Mobbel-Monster!" kontert Waltraud.

Isabel traut sich nun keine weiteren Fragen mehr zu stellen und schlägt ein stressfreies Treffen vor. Man einigt sich auf eine Stunde Nordic Walking mit anschließender Teestunde. Das ist unverfänglich für Waltraud, Isabel weiß ja um ihre Probleme, die vermutlich keineswegs überwunden sind.

„Wie kann sich ein Mensch, noch dazu eine schöne Frau, in so eine kuriose Lage bringen?" denkt sich Isabel, weiß aber genau, alle Ermahnungen und Ratschläge sind völlig sinnlos.

Isabel bedankt sich für den Anruf, die Angst vor der Batterie im Hundemagen ist abgewendet. Sie braucht eine Entspannungspause und geht zu den Pferden, denn es ist ohnehin Zeit zum Heu austeilen.

Dann beschließt sie, es sich so richtig gutgehen zu lassen. Die Reste der Pizza sind im Kühlschrank, der Rotwein ist auch noch da. Die Tageszeitung liegt ungelesen im Wintergarten, am Abend läuft ein interessanter Film im Fernsehen. Was will sie mehr? Sie genießt ihr Leben und grübelt zwischendurch immer wieder über die verrückten Einfälle von Waltraud nach. Morgen wird sie eine Freundin anrufen, die mehr Kontakt mit ihr hat.

Hundegebell unterbricht die Beschaulickeit, ein Auto fährt in den Hof. Zwei Männer sitzen im Wagen, steigen aus und kommen auf die Haustüre zu. Isabel öffnet, sie weisen sich als Polizeibeamte aus und möchten Fragen stellen, Fragen nach Waltraud Münchinger, der Zechprellerin.

„Jetzt wird`s hinten höher als vorne!" denkt Isabel und beschließt wenig Auskunft zu geben.

„Wir sind auf der Suche nach Frau Münchinger, sie ist in Deutschland mit keinem festen Wohnsitz gemeldet, es liegen aber Anzeigen gegen sie vor, wir müssen sie ausfindig machen", erklären die Beamten. Isabel ist erleichtert. Sie kennt auch keine Adresse von Waltraud und braucht somit nichts verschleiern.

„Ja, Waltraud ist mit mir befreundet, sie war jahrelang verschwunden, ist aber jetzt wieder aufgetaucht. Kürzlich hat sie mir einen Besuch abgestattet, aber keine Adresse hinterlassen", antwortet Isabel wahrheitsgetreu und fragt vorsichtig nach dem Grund der Recherchen.

„Das ist eine unschöne Sache, zahlreiche Restaurants haben Anzeige erstattet. Frau Münchinger hat teuere Speisen bestellt und dann nicht bezahlt. Es ist ein erheblicher Schaden entstanden, den sie begleichen muss."

Isabel hält sich zurück, fängt einen netten Smaltalk mit den Herren an und macht Kaffee, wozu sie leckere Plätzchen reicht, was gerne angenommen wird. Die Beamten verabschieden sich freundlich mit dem Hinweis, Isabel solle sich melden, wenn ein neuer Kontakt mit Waltraud entsteht. „Eine sehr sympathische Begegnung", denkt Isabel und setzt ihren Wohlfühlnachmittag fort. Dass sie die Telefonkontakte verschwiegen hat, macht ihr keinerlei Kopfzerbrechen, es geht ja nur um Restaurant-Rechnungen, vermutlich in gehobenen Häusern, die gelegentliche Verluste leicht verkraften können. Vielleicht verläuft alles im Sand, wenn nichts ermittelt wird. Es ist nicht ihr Problem, aber interessieren würde sie es schon.

Was solls, sie bereitet sich auf den Fernsehabend vor, doch wer Tiere hat, muss sie versorgen. Die Pferde stehen schon in ihrer Box vor dem

Futtertrog. Isabel verteilt den Hafer und schließt die Paddocktüren zur Weide. Die Hunde werden gefüttert und alles auf dem Hof kontrolliert. Sie hat ansonsten einen Stallhelfer, der diese Arbeiten erledigt, jedoch hat er heute seinen freien Tag.

Alles ist geruhsam und friedlich, über den Weiden liegt das Abendlicht, die Pferde mampfen genüsslich, Isabel geht zufrieden in ihr Wohnzimmer und macht es sich bequem.

Doch sie hat sich zu früh gefreut, die Hunde fangen an zu bellen, Waltrauds Auto biegt mit aufgeblendeten Scheinwerfern in ihren Hof und bremst abrupt ab. Ungewohnt schnell springt sie aus dem Wagen und eilt auf Isabel zu, die schon in der Haustüre steht. Sie wirkt aufgewühlt und blass, fast zitternd bittet sie um ein Nachtquartier.

Isabel kann sich schon denken, wovor sie auf der Flucht ist. „Keine Panik Waltraud, die Polizei war schon da, die kommt heute sicher nicht mehr her."

Waltraud sieht sie entsetzt an, nickt erleichtert und holt eine Tasche aus dem Kofferraum. Isabel bittet sie ins Haus, begleitet sie zu einem Stuhl und macht ihr einen warmen Kakao, den Waltraud gierig in sich hineinschlürft. Sie weiß doch, was ausgehungerte Magersüchtige gerne mögen. Waltraud lässt alle Hemmungen fallen und fängt an zu weinen. Es kehrt wieder etwas Farbe in ihr Gesicht, Isabel macht einen zweiten Kakao.

„Beruhige dich erst einmal, du bist hier sicher", beschwichtigt Isabel. Natürlich denkt sie nicht daran, die Polizei zu verständigen. Vielleicht vertraut sich Waltraud ihr an und sie kann ihr helfen die Sache irgendwie zu bewältigen.

„Zuerst müssen wir dich tarnen, niemand darf erfahren, dass du hier auf dem Hof bist. Ich werde dein Auto in die Scheune fahren und das Tor schließen", schlägt Isabel vor. Waltraud gibt ihr unterwürfig den Autoschlüssel und lehnt sich dankbar zurück.

Isabel will erst einmal Ruhe einkehren lassen, die Freundinnen setzen sich am Esstisch zusammen. Kerzen werden angezündet und ein Abendessen aufgetragen. Waltraud ist schon wieder beim Anblick der Speisen verunsichert, was Isabel einfach übergeht. Jede Beeinflussung wäre vergeudete Liebesmühe.

Jetzt ist es erst einmal vorbei mit der Beschaulichkeit am Abend. Isabel ist in der glücklichen Lage, sich voll auf die Situation einlassen zu können. Sie hat alle Zeit der Welt, ja es ist sogar entspannend für sie, die Situation mit Waltraud aufzudröseln und nach einem Ausweg zu suchen. Die missliche Lage, in die sich Waltraud gebracht hat, muss irgenwie ein Ende nehmen. Also hilft Isabel ihrer Freundin, nach einem Ausweg zu suchen.

Wenn jemand in Panik gerät, ist erst einmal Ruhe wichtig. Isabel schaltet den Fernseher ein, mit der Vorgabe, die Tagesschau sehen zu wollen. Damit verschafft sie ihrem Gast etwas Zeit zum Ankommen und Entspannen, sie will nicht gleich mit einem Verhör beginnen. Es wäre gut, wenn Waltraud von sich aus erzählen könnte.

Isabel hat noch einige Flaschen von dem guten Rotwein, sie entkorkt die erste und schenkt zwei Gläser ein. Waltraud lässt ihre strenge Fassade fallen und greift gerne zu.

„Das ist immerhin ein guter Anfang", denkt Isabel. Waltraud ist in Sicherheit, kommt zur Ruhe, hat Kaba getrunken, sie fühlt sich relativ gut.

Nach zwei Gläschen Rotwein hat Waltraud rote Bäckchen, es kommt ihr sogar ab und an ein Lächeln übers Gesicht. Isabel geht vom Fernsehen zu einer lockeren Musik aus dem CD-Player über und stellt vorsichtig die Frage: „Wo hast du denn die letzten Jahre verbracht?" Waltraud rückt sich im Sessel zurecht und fängt an zu erzählen, als hätte sie auf ein Startsignal gewartet.

Mit dem Weinglas in der Hand schildert sie ihre Situation in der Heimat-stadt. Sie war bekannt wie ein bunter Hund, zumindest in allen besseren Lokalen. Sie hatte bewusst gehobene Gastronomie gewählt, weil dort die Möglichkeit, von Bekannten gesehen zu werden, geringer war. All ihre Unternehmungen waren bis ins Detail durchdacht. Doch das nützte alles nichts. Früher oder später kannten sie alle Gastwirte und sie konnte sich nirgends mehr sehen lassen. Obwohl sie genau Buch geführt hatte, wo sie schon bestellt hatte und wo noch Neuland war, wurde die Gefahr, erkannt und abgeführt zu werden, immer größer. Also ließ sie es bleiben und suchte nach einem sicheren Ausweg. Ein gutes Jobangebot in München brachte den Lichtblick. Sie stellte sich dort vor, nahm die Stelle an, machte sich eine Liste mit Lokalen, voller Freude, auf die neuen, noch viel interessanteren Möglichkeiten, kiloweise Gewicht zu verlieren und spannende Auftritte abzuliefern. Diese Vielzahl von Gourmet-Restaurants und Jetset Treffs in München war berauschend für

Waltraud. Hier hätte sie lebenslang ein spannendes Refugium. Dachte sie zunächst.

Natürlich legte sie sich eine neue Strategie zurecht. Die Prozedur mit der Übelkeit und dem Ungeziefer war viel zu aufwändig. Außerdem prägten sich alle Beteiligten dabei ihr Gesicht ein, sie wurde damit sehr bekannt, sozusagen prominent. Nein, das ließ sich viel eleganter arrangieren.

Sie bestellt einen Tisch für zwei Personen, entschuldigt sich dann, dass ihre Begleitung verspätet eintrifft, wählt sorgfältig die teuersten Speisen aus, verlangt zu jedem Gang ausgefallene Beilagenänderungen und Garmethoden, gibt sich super fein und genießt die Situation möglichst lange. Schließlich gibt sie dem Ober zu verstehen, sie möchte mit den Vorspeisen beginnen und spätestens beim Auftragen des ersten Tellers springt sie auf um zu telefonieren, wo ihr Liebster denn bleibt. Vielleicht findet er das Lokal nicht? Dabei tritt sie vor die Eingangstüre und verschwindet.

Um die Ecke des Lokals stellt sie ihr Fahrrad ab, mit dem sie blitzschnell flüchten kann. Nach geglungener Aktion parkt sie das Rad an einem überdachten Fahrradabstellplatz vor dem Bahnhof, schließt es sorgfältig ab und fährt mit den öffentlichen Verkehrsmitteln beglückt und gewichtsmäßig erleichtert heim.

Diese Eingeständnisse erschöpfen Waltraud sehr, sie sinkt in ihrem Sessel zusammen und verlangt nach einem Bett. Isabel lässt es gut sein, führt die Freundin in ihr Gästezimmer, in dem sie immer ein frisch bezogenes Bett bereithält.

Allein im Wohnzimmer will sie erst einmal über die krassen Schilderungen nachdenken. Warum setzt sich ein Mensch freiwillig derartigen Situationen aus, ja sucht sie sogar?

Sie geht zuerst hinaus zu den Pferden und genießt die Atmosphäre. Diese Friedlichkeit ist wunderbar, einige Pferde liegen schon in ihrem Strohbett, andere genießen kauend die laue Luft und schauen hinaus in die Nacht. Sie haben einen ausreichenden Heu- und Strohvorrat in ihrer Box. Pferde fressen langsam vor sich hin, Tag und Nacht, das Futter muss den Darm gleichmäßig passieren. Ihre Verdauung ist auf ein Leben in ständiger Bewegung auf kargen Steppen ausgerichtet. Diesem Idealzustand muss eine artgerechte Pferdehaltung möglichst nahe kommen.

Der kleine Pferdehof liegt abgelegen zwischen Weideflächen und Wald, ein idealer Ort um Pferde zu halten. In klaren Nächten ist der

Sternenhimmel eindrucksvoll zu sehen, kein fremder Lichtschein stört das Schauspiel, für Isabel ein gewohntes Bild. Besucher machen sie oft darauf aufmerksam, es wird ihr immer wieder bewusst, wie reizvoll sie wohnt. Die Alleinlage hat allerdings auch ihre Tücken. Nicht zuletzt dafür hat Isabel ihre Hunde immer bei sich.

In dieser Nacht sind alle zufrieden, Isabel geht langsam auf und ab und grübelt über die Erzählung ihrer Freundin nach.

Magersucht ist ja schon schrecklich, aber dieser Drang, Aufsehen zu erregen, ja regelrechte Auftritte zu provozieren, ist schon noch eine andere Hausnummer. Lebt sie für eine Traumwelt, die sie ab und an Wirklichkeit werden lässt?

Vermutlich ist Waltraud ziemlich isoliert und hat wenig Freunde. Sie funktioniert in ihrer Firma und leistet gute Arbeit, sie will in jeder Situation perfekt sein. Wenn sie schon nicht am gesellschaftlichen Leben teilhaben kann, dann inszeniert sie ihre Ideale in feinen Lokalen. Wie auf einer Bühne schlüpft sie in die Rolle einer Wunschperson, die elegant, bildschön, anspruchsvoll und reich ist. Es ist für sie das Höchste, dass sie hier bestehen kann, zweifelsfrei, eine Lady von Welt.

In der Realität wird sie zu sehr von ihren Ängsten und Süchten geplagt, um damit zufrieden zu sein, sie lebt ihre Wunschvorstellung.

Die Lösung wäre so einfach wie unerreichbar, sie müsste ihre Ängste loswerden.

Isabel verlässt die friedliche Nachtszene, geht ins Haus und setzt sich an ihren Computer. Hier will sie recherchieren, wie derartige Krankheiten beschrieben und eingeschätzt werden. Isabel kann mit diesem Medium gut umgehen und unterscheidet schnell oberflächliche Plauderforen von wissenschaftlichen Abhandlungen. Doch alle Beiträge zusammen ergeben einen guten Eindruck derartiger Zustände, die anscheinend gar nicht so selten sind.

Die Erkenntnisse sind jedoch ernüchternd, die Behandlungs- oder Heilungschancen extrem niedrig. Nur der entschlossene Wille der Betroffenen kann aus der Sackgasse führen, für einen Menschen, der mit den „Vorteilen" der Sucht lebt, ein nicht zu erwartender Schritt.

Isabel weiß um die Aussichtslosigkeit, lässt sich überraschen, was der nächste Tag bringt und geht zu Bett. In Waltrauds Zimmer brennt immer noch Licht. Isabel hört sie auf- und abgehen, hoffentlich wird es eine ruhige Nacht.

Zum Glück ist Isabel müde genug, um einige Stunden fest zu schlafen, denn Waltraud wandert im Haus herum. Ihr Weg führt sie vor allem von der Küche zum Badezimmer und wieder zurück in ihr Bett. Alle zwei Stunden setzen ihre Wanderungen ein. Isabel ignoriert es und bemerkt am nächsten Tag die fehlenden Lebensmittel im Kühlschrank und in der Speisekammer.

Zumindest einmal ist Waltraud auch zu ihrem Wagen in die Scheune geschlichen, vermutlich um auch dort Vorräte zu holen. Das Knarren des Scheunentores und der Schein des Lichtes ließen diese Aktivität deutlich werden. Die arme Frau ist also die ganze Nacht mit Nahrungsaufnahme beschäftigt und schläft nur wenig. Isabel vermutet, dass sie die Nahrung dann wieder in der Toilette verschwinden lässt. Man nennt das Anorexie oder Bulimie, was sich häufig vermischt und gleichzeitig gelebt wird, um die Unsicherheit und Einsamkeit der eigenen Person zu bewältigen. Der Körper fordert seinen Tribut, es entsteht ein unersättlicher Wunsch nach Nahrung, der Hunger treibt die Geplagte zum heimlichen Essen. Das Glücksgefühl, essen zu können, was man will, in beliebiger Menge, beherrscht die Stunden der Einsamkeit hinter verschlossenen Türen.

Es ist mehr als tragisch, die arme Waltraud, sie ist rund um die Uhr mit ihrer Fassade beschäftigt, denn ihre Wirkung nach außen ist das Lebensziel. Ihre Schönheit, ihr Erfolg, ihre Wohnung, ihr Auto und ihre Auftritte haben sie fest im Griff. Die gesamte Energie entschwindet in dieses Traumgebilde, ihre größte Angst ist es, Sprünge in der Fassade zu bekommen.

Darum muss Isabel sehr vorsichtig sein, um Waltraud nicht in eine Abwehrposition zu bringen, denn die weiß genau, wie es um sie steht. Waltraud hat feinste Antennen, wenn etwas an ihrem Status kratzen will. Isabel macht, wie gewohnt, ein einfaches Frühstück für sich und stellt eine Tasse für Waltraud dazu, wohl wissend, dass sie nichts oder wenig essen wird.

In der Tat, Waltraud hat wieder Oberwasser und kommt beschwingt und gestylt an den Tisch, um etwas Kaffee zu nippen. Sie ist die unruhigen Nächte gewohnt, das Schlafen im Zweistundentakt. Dafür muss sie auch zeitig zu Bett gehen. Waltraud lebt in einem Traumbild, das sie immer vor Augen hat. Wie es auch sei, sie wird von der Polizei gesucht und müsste ihre Situation begreifen. Isabel fasst allen Mut zusammen und schlägt vor: „Du kannst doch nicht den Rest deines Lebens vor

Friedhof Pérre Lachaise, Paris

der Polizei flüchten. Wir sollten einen Plan machen, wie du gut aus der Sache herauskommst und neu durchstarten kannst."

Waltraud erstarrt mit der Kaffeetasse an den Lippen. „Die Blamage überleb ich nicht, wie stellst du dir das vor?" stammelt sie verzweifelt. „Ich habe genug Geld, ich kann auch ohne Job leben."

Aufgebracht beschreibt sie, wie gut sie immer verdient hat und wie viel Geld sie gespart hat, wie unabhängig sie ist und wie stolz auf das Erreichte.

„Was soll das für eine Unabhängigkeit sein, von der Polizei gejagt, nirgends daheim und von einer schrecklichen Sucht geplagt?" hält Isabel dagegen. Es müsse doch möglich sein, die leidige Sache mit den Lokalen zu regeln, indem sie ihre Schulden bezahlt.

„Da kommen 26.000 Euro zusammen", klagt Waltraud. Sie wisse das von einer Strafanzeige, die bei ihrer Schulfreundin, Agnes Peindl, eingegangen sei. Waltraud hatte dort einige Wochen gewohnt, bis dieser Wohnort aufgeflogen und die Adresse amtskundig geworden war. Die Anzeige ist der Adresse von Agnes zugestellt worden, worauf hin Waltraud postwendend die Segel strich und verschwand.

Da sitzt sie nun, an einem sonnigen Morgen im Wintergarten. Draußen werden die Pferde auf die Weide entlassen, ein schönes Bild bietet sich den Freundinnen, dennoch macht sich Ratlosigkeit breit. Waltraud zupft sich zurecht und will den Besuch beenden. Isabel macht noch einen Versuch, um sie zur Kapitulation zu überreden und schlägt einen Spaziergang vor.

Waltraud geht darauf ein. Der Hof liegt friedlich im Morgenlicht, das Auto ist sicher in der Garage versteckt, sie folgt Isabel in den angrenzenden Wald. Dort findet sie Ruhe und Sicherheit, die Polizei wird sie nicht antreffen und auch keinen Verdacht schöpfen.

Isabel zeigt ihrer Freundin das Anwesen und erzählt von der Geschichte dieses Fleckchens Erde. Es liegt auf einem Hochplateau und wurde einst von den Kelten als Festung genutzt. Der Pferdehof war eine Keltenschanze in grauer Vorzeit. Unter den östlichen Weiden sollen geheimnisvolle Grabstätten verborgen liegen. Eine davon gehörte Attila dem Hunnenkönig, mit einem Sarg aus purem Gold. „Es sind einfach nur Sagen", meint Isabel. „Aber wissen kann man es nicht." Es gebe Erzählungen von gespenstischen Begegnungen mit Geistern.

Tatsächlich überkommt einen gelegentlich eine unheimliche Anspannung, wenn man sich auf solche Gedanken einlässt. „Diese Gefühle treten freilich erst in den Abendstunden und an nebligen Tagen und Nächten auf", berichtet Isabel.

Das Tor zur Anderswelt stünde an wenigen Tagen offen, vor allem bei Vollmond, insbesondere in Zeiten der Tag- und Nachtgleiche.

Ähnlich wie Halloween wird das keltische Samhain um den ersten November zelebriert. Isabel gibt gerne eine Einladung an diesem Tag. Nicht ohne die Gäste darauf hinzuweisen, sich nicht im Freien aufzuhalten, um Begegnungen mit den Bewohnern der „anderen Welt" zu vermeiden.

Diese Warnungen machen die Gäste neugierig, man zündet ein Feuer an, bildet einen Kreis und gruselt sich genüsslich. Vor allem die Kinder sind schwer beeindruckt und können Lichterketten und Stofffetzen in den Bäumen entdecken, wenn sie sich vom Feuerkreis entfernen.

Ein sehr beliebtes Winterfest bei Isabel, auf das ihre Freunde, insbesondere deren Kinder, jedes Jahr mit Spannung warten.

An diesem schönen Sommertag ist nichts von den Schauergeschichten zu erahnen. Die Natur hat zu jeder Jahreszeit ihre Höhepunkte und Überraschungen, das muss man mögen und genießen können.

Isabel erzählt und erzählt, sie will Waltraud auf andere Gedanken bringen, um sie ihrem realen Teufelskreis zu entreißen. Das gelingt ihr auch, Waltraud ist entspannt und hat ein Lächeln im Gesicht, während sie locker neben Isabel hermarschiert.

Sie erreichen einen Steilhang mit schroffen Felsnasen, in denen sich die eine oder andere kleine Felsenhöhle befindet. Die größte Höhle ist zwar nur ein besserer Unterschlupf von vielleicht zwei Quadratmetern, aber immerhin eine Höhle, genannt Hirschenstube. Die zwei klettern hinauf und Waltraud stellt sich in das Felsenloch, um das Höhlenerlebnis zu genießen. Begeistert von der Natur ruht sie kurze Zeit in sich selbst, ohne auf ihre Fassade reduziert zu sein. Waltraud bewundert Isabel insgeheim, denn diese schaut sehr nett aus, in ihrer Jeans, den leichten Wanderschuhen, der kurzen Strubbelfrisur, ohne Make-up, aber weltoffen und glücklich.

Isabel sieht einen günstigen Moment und sagt frei heraus: „Bleib doch einfach bei mir wohnen, bezahle deine Schulden, bau dir deine Selbständigkeit auf und starte neu durch!" Sie stellt das einfach in den Raum, denn sie hat genug Platz in ihrem Haus und könnte ihrer Freundin aus dieser Notlage helfen, indem sie ihr eine Perspektive anbietet.

Sichtlich angetan gibt sich Waltraud nachdenklich und setzt sich auf einen Felsenfindling. Isabel nimmt neben ihr Platz, beide genießen den Wald mit seiner Ruhe und Friedlichkeit. So sitzen sie einige Minuten. Isabel ist sich im Klaren, dass es damit nicht getan ist. Waltraud wird sich nicht so einfach aus ihrer misslichen Lage befreien können, aber eine Entscheidungsmöglichkeit ist angedacht und kann vielleicht irgendwann reifen.

Die Bereinigung der Straftaten wäre der eine Schritt, die Überwindung der Magersucht dann ein nächster, um in ein halbwegs normales Leben zurückzufinden. Dieser zweite Schritt ist vermutlich mit einem Klinkaufenthalt verbunden, wo „normale" Essgewohnheiten eintrainiert werden. Das alles ist Isabel bewusst, jedoch kann sie es der Betroffenen nicht so direkt ins Gesicht sagen, obwohl die es vermutlich selber weiß.

Flucht und Rückzug wären die Folge, denn Waltraud befürchtet ohne ihre Schutzmechanismen ein Leben als schwammiges Monstrum. Man nennt es wohl den Krankheitsgewinn, die Traumfigur, das Aussehen eines Supermodels, auch wenn der Preis Selbstaushungerung ist und eine schrittweise Selbstzerstörung.

Dabei will sie doch nur glücklich sein, beliebt und begehrt. Sie vergisst, dass kein Mann mit einer karrieregeilen Frau zusammenleben möchte, die nicht isst, nicht trinkt, nicht ausgelassen und fröhlich ist, sich aber die ganze Nacht mit Essen und Kotzen beschäftigt. Diese Realität hat Waltraud nicht im Fokus. Ihre Traumwelt findet in der Zukunft statt, in schönen Vorstellungen und realen Höhepunkten bei Auftritten in Gourmet-Restaurants.

„Sie kann sich nur selbst aus dem Sumpf befreien", denkt Isabel, nimmt Waltraud an der Hand und spaziert mit ihr zurück zum Hof. Auf den letzten Metern im Wald sehen sie das Polizeiauto davonfahren. Die Beamten haben sie nicht entdeckt und verschwinden nach der nächsten Kurve im Waldweg.

Die Freundinnen werden jäh aus ihrer Idylle gerissen und bleiben wie angewurzelt stehen. Wie versteinert warten sie einige Minuten und tuscheln leise, dass es noch mal gut gegangen sei. Insgeheim denkt sich Isabel, dass es gar nicht so schlecht gewesen sein könnte, wäre Waltraud dingfest gemacht worden, so hätte sie zumindest ihre vordergründigen amtlichen Probleme bereinigen können. Solche Gedanken teilt sie Waltraud natürlich nicht mit. Beide eilen ins Haus und ziehen die Vorhänge zu. Aufgeschreckt packt Waltraud ihre Sachen und springt ins Auto. Isabel kann gerade noch rechtzeitig das Scheunentor öffnen, bevor sie davonbraust.

„Wieder auf der Flucht", denkt sich Isabel, schließt die Scheune und geht ihrem gewohnten Alltag nach.

Selbstlos wie sie ist, hat sie sich uneingeschränkt Zeit genommen, um jemandem zu helfen, der ihres Beistandes bedurfte. Umgekehrt wäre es vermutlich nicht so. Geholfen wird einem anscheinend nur, wenn man sich in ausweglose Situationen begibt, sinniert Isabel. Sie hat selber schwere Zeiten durchmachen müssen, hat das Ruder immer selbst in die Hand genommen und ihr Leben wieder in ruhigeres Fahrwasser gebracht. Diese Fähigkeit brachte ihr den Ruf ein, stark zu sein, unabhängig, über alle Zweifel erhaben.

Doch das ist keineswegs so, sie lebt alleine, unternimmt zwar viel, hat gute Freunde, doch niemand fühlt sich für sie zuständig, wenn sie Zuwendung nötig hätte. Sie ist der Fels in der Brandung, den man zwar bewundert, darüber hinaus aber nicht sonderlich beachtet. Es gibt durchaus Bekannte, die sie meiden und ihr ihre Souveränität und Selbständigkeit neiden.

Eine starke Frau, die ihr Leben scheinbar mit Leichtigkeit meistert, wird gern mit Argwohn bedacht.

Isabel gibt sich gerne schüchtern und unbedarft, womit sie neue Bekannte aus der Reserve lockt. Sie hat es sich angewöhnt, die Menschen erst einmal einzuschätzen, bevor sie ein Urteil fällt. Eine alleinstehende Frau wird gerne übersehen und nachteilig behandelt. Wer sich so verhält, ist von Isabel bereits durchschaut und wundert sich sehr, wenn er eine Parade bekommt, die er so nicht erwartet hätte.

Der erste Eindruck von anderen Menschen bleibt bei Isabel bestehen. Sie schützt sich selbst, indem sie Menschen einschätzt und sich entsprechend vorbereitet. Isabel hegt sozusagen ein gewisses Misstrauen, das sie vor einer unbedachten Blauäugigkeit bewahrt. Dieses Verhalten bringt ihr in der Regel Vorteile, es wird allerdings auch als Härte ausgelegt. Sie empfindet es nicht so, sie nennt es Realität, der sie gerne bewusst begegnet.

Jetzt taucht sie wieder ein in ihre Welt mit Stallgeruch, wunderschöner Natur und friedlich grasenden Pferden. Zwei ihrer vier Katzen miaunzen, sie möchten Futter. Isabel geht zum Futterschrank, die Katzen laufen mit schnurgerade erhobenem Schwanz hintendrein. Eine Dose Futter wird durch zwei geteilt, jede Katze erhält ein Schüsselchen, ihre Welt ist wieder in Ordnung. Der Stallhelfer beendet seine Arbeit, Isabel setzt sich noch zu einer Tasse Kaffee mit ihm zusammen. Sie erzählen sich im Wintergarten Neuigkeiten über die Pferde. Der Gesprächsstoff geht ihnen niemals aus, denn bald kommt ein Nachbar vorbei, ebenfalls ein Pferdezüchter und das Fachsimpeln geht endlos weiter.

Auf Pferdehöfen schneit häufig Besuch herein, man hat immer Zeit für einen Ratsch. Neuigkeiten aus der Szene verbreiten sich in Windeseile. Es ist eine eingeschworene Clique, man kennt Züchter, Trainer und erfolgreiche Reiter deutschlandweit. Ja man kann sagen, nahezu weltweit, denn sie züchten Quarter Horse, eine Pferderasse aus den USA. Alle stehen in engem Kontakt mit den Züchtern in den Staaten. Einige sind sogar ausgewandert und halten den Nachrichtenfluss immer in Gang. Der Traum von einem freien, weiten Land, ein Leben im Einklang mit der Natur, liegt dieser Einstellung zugrunde.

Wer sich ernsthaft mit dem Lebewesen Pferd auseinandersetzt, kommt unweigerlich auf die Erkenntnis, dass die natürlichen Lebensgrundlagen dieser Tiere beachtet werden müssen. Ansonsten geht man einen holprigen Weg mit vielen Rückschlägen. Isabel nennt es das Einfachste, was zu beachten sei und meint damit die Grundeigenschaften dieser Tiere.

Den Pferdeleuten gehen die Themen niemals aus, denn Fütterung, Blutlinien, Haltung, Reiten und Zucht sind ein sehr weites Feld. Ruhe und Gemütlichkeit haben dabei einen hohen Stellenwert, die Kaffeemaschine wird niemals ausgeschaltet, die Nachrichten-Hotline rund um die Welt wird immer aktuell gehalten. Das Spezielle an dieser Lebensweise schweißt die Pferdefreunde zusammen und alle haben den Traum vom Auswandern im Hinterkopf. Nicht zuletzt darum beobachtet man die Geschicke der Mutigen, die den Absprung geschafft haben, mit größtem Interesse. Den Freunden in Übersee ist der direkte Draht ebenfalls sehr wichtig, sie nehmen rege Anteil an den Geschehnissen in der Heimat. Beide Seiten wägen ab, welcher nun der bessere Weg sein könnte, eine hochspannende Sache, mit viel Herzblut auf beiden Seiten. Ein Stück freie Welt kreist im Wintergarten des Pferdehofes, wenn es auch nur eine

Vision ist. Ganz automatisch wird Isabel mitgetragen in einem Kreis von Gleichgesinnten. Es ist eine Interessengemeinschaft, aber auch so etwas wie eine Freundschaft, jedoch auch eine Konkurrenz. Eine Art von unverbindlichem, schicksalhaftem „American Dream". Wer nicht dazugehört, kann sich nichts darunter vorstellen.

Isabel ist zufrieden mit ihrem Platz im Leben, weiß sie doch, dass es nur in ihr selbst liegt, das Glücksempfinden. Wenn sich auch manchmal Zweifel anmelden. Sie vergleicht sich mit anderen Frauen, zum Beispiel mit Agnes Peindl, bei der Waltraud einige Zeit gewohnt hat. Morgen wird sie Agnes anrufen und nachforschen, wie die Sache mit Waltraud steht, vielleicht gibt es dort Neuigkeiten. Eventuell kann man einen Plan schmieden, wie ihr zu helfen ist.

Der Abend zieht herauf, die Freunde und Besucher verabschieden sich, nachdem sie noch einen Jacky getrunken haben, das ist Coca Cola mit Jack Daniels, ein beliebter Longdrink bei Westernreitern. Isabel mag lieber ein Glas Wein.

Der Nachbar hilft ihr noch, die Paddocks zu schließen und die Pferde zu füttern. Ein gemütlicher Tagesausklang kann beginnen.

Es wird auch ein ruhiger Abend mit einem guten Fernsehprogramm, Isabel vergisst die Vorfälle am Vormittag, geht früh zu Bett und schläft sich wohlig aus.

Ihre Welt läuft richtig rund, der Morgenkaffee schmeckt köstlich, das Wetter ist herrlich. Sie ist früh im Stall, teilt Futter aus und öffnet die Paddocks. Alle Pferde sind in bester Verfassung, fressen ihre kleine Ration Kraftfutter und traben hinaus auf die taunasse Weide. Das nahrhafte Gras muss von ihrer Portion abgerechnet werden, denn zu viel Eiweiß würde zu ernsthaften Erkrankungen führen. Der Stallhelfer wird die Boxen neu einstreuen und Heu austeilen.

Isabel hätte große Lust auf einen Ausritt, plant aber einen Stadtbummel. Sie hat sich mit Freundinnen aus der Schulzeit verabredet auf einen Brunch, wie man so schön sagt. Sie legt größten Wert darauf, bewährte Seilschaften zu pflegen. Je älter sie wird, umso wichtiger erscheint es ihr, ein Teil dieser Gruppe zu sein. Sie lebt in einer Gemeinschaft in ihrer Heimatstadt, mit vertrauten Bekannten, Freuden, Verwandten und ihrer Familie, alle sind Teil ihrer Welt. Es macht sie glücklich, in einem Netzwerk eingebunden zu sein. Das alles trägt zu ihrem Wohlbefinden bei und es ist ihr eigentlich gar nicht so richtig bewusst.

Agnes

Agnes Peindl kommt nicht zum morgendlichen Brunch in die Stadt, sie kann angeblich ihren Mann nicht alleine lassen, mit dem sie eine sehr enge Beziehung pflegt. Auf den ersten Blick scheint sie eine besonders glückliche Ehe zu führen, auch auf den zweiten Blick geben sie das ideale Ehepaar, wenn man nicht dahinter blickt.

Die Schulfreundinnen erkennen, wie sehr Agnes das Heimchen spielt und ganz hinter ihren persönlichen Möglichkeiten zurückbleibt. Ihr Leben stagnierte nach dem Schulabschluss, der Heirat und einigen Jahren Berufstätigkeit bei der Sparkasse.

Dabei kann es doch die Erfüllung sein, das gesicherte Leben an der Seite eines vermutlich guten Mannes. Die eine oder andere Frau kommt durchaus ins Grübeln, wer das bessere Los gezogen hat. Der Status als Ehefrau scheint bevorzugt zu sein, die Ansicht ist weit verbreitet, denn insgeheim fühlen sich viele Geschlechtsgenossinnen an der Seite eines Ehemannes wohler, zumindest nach außen hin.

Es kann als persönlicher Nachteil angesehen zu werden, wenn man keinen Mann sein Eigen nennt, denkt so manche brave Frau. Ohne dass es ausgesprochen wird, dichtet man der unbemannten Frau einen Mangel an Attraktivität, Häuslichkeit, Ehrbarkeit und Mütterlichkeit an, was immer man dahinter sehen will.

Den sechs brunchenden Damen geht der Gesprächsstoff niemals aus. Die Neuigkeiten über die arme Waltraud sind aktuell der Renner.

Melanie erzählt: „Stellt euch vor, meine Cousine war letztes Jahr in München im Tantris und traute ihren Augen nicht, als sie Waltraud, total aufgestylt, alleine an einem Tisch sitzen sah. Sie ist sofort hingegangen, um sie zu begrüßen, sie war überrascht, dass sie Bekannte trifft in einem so feinen Lokal. Waltraud reagierte aber bestürzt und abweisend, hatte sich gar nicht gefreut und gab sich ganz kurz angebunden. Meine Cousine war verdutzt über Waltrauds Unfreundlichkeit und ging zurück an den Tisch zu ihrem Mann. Sie erzählte ihm von der seltsamen Begegnung und als die zwei dann zu Waltraud schauten, war sie verschwunden.

Zuerst dachten sie, sie sei zur Toilette gegangen, aber sie kam nicht mehr zurück. Als dann die Ober irritiert um den verlassenen Tisch von

Waltraud kreisten, bemerkten sie, dass etwas nicht stimmte. Die Kellner schauten ratlos im Lokal umher, trugen die Teller dann wieder in die Küche und versuchten es nach zehn Minuten erneut, aber vergeblich."

„Mein Gott", bemerkt Isabel, „dann ist deine Cousine ja Zeuge von Waltrauds Betrugsauftritt geworden, so ein Zufall! Wie ist es weitergegangen?"

„Ja stell dir vor, ein Ober ist dann zu meiner Cousine an den Tisch gekommen und hat nachgefragt, ob sie die Dame kenne, die das Lokal verlassen hat", erzählt Melanie weiter. „Meine Cousine hat dem Ober Waltrauds Namen gesagt. Sie hatte ja keine Ahnung, dass die kriminell ist. Nachdem sie hoch und heilig versichern musste, dass sie über den Aufenthaltsort nicht Bescheid weiß und auch nicht gedenkt ihre Rechnung zu bezahlen, hat der Ober von meiner Cousine abgelassen, sich aber ihre Anschrift notiert."

„So dumm kann`s laufen", denkt sich Isabel und versteht allmählich, warum Waltraud des Öfteren ihren Wohnort wechseln musste. Sie erzählt den Freundinnen von ihrer Begegnung mit Waltraud auf ihrem Pferdehof, vom Besuch der Polizei und den Beweggründen der armen Magersüchtigen.

„Unsere Waltraud ist lebenslang mit Selbstaushungerung beschäftigt, so ein Wahnsinn", bemerkt Angelika bestürzt.

Eine hochinteressante Geschichte, direkt aus ihrer Mitte, eine Sensation jagt die nächste.

Der Brunch dehnt sich bis weit in den Mittag, man trennt sich plaudernd und setzt den Nachrichtenaustausch dann per Whats-App oder übers Telefon fort. Letzteres erfordert einen sehr hohen zeitlichen Aufwand, wodurch die Whats-App-Nachricht immer öfter bevorzugt wird, um wichtige Neuigkeiten mitzuteilen oder Verabredungen zu treffen. Wer schon ein zweistündiges Telefonat hinter sich hat, schreibt lieber eine Whats-App-Nachricht, bevor er ein weiteres stundenlanges Gespräch riskiert.

Diese nicht enden wollenden Telefonate sind eine selbstauferlegte Plage der Freundinnen. Man hat sich viel zu sagen, die Zeit dafür ist positiv bewertet, ein Privileg von reiferen Frauen. Sie genießen es, mit einem Jammern auf höchstem Niveau und einem verschmitzten Lächeln.

Im Grunde vergleichen die Freundinnen ihre Geschicke im Leben und messen sich gegenseitig hinsichtlich Erfolg und Glück. Wer hat den erfolgreichsten Lebensweg, wer ist am glücklichsten, wie gelingt das am sichersten? Einige der Klassengenossinnen sind voll auf diesem Trip der Vergleichssucht, natürlich insgeheim. Daraus resultiert der sogenannte Standesdünkel.

Diese Hintergründe werden natürlich nicht ausgesprochen. Eine gewisse Neidsucht treibt die Frauen an, das vollzieht sich im Geheimen und ist der Motor so mancher Lebensplanung.

Auch Isabel ist geplagt von Zweifeln und schaut sich um, bei den verheirateten Frauen, den berufstätigen, erfolgreichen Frauen und vor allem bei den immer eleganten, stets schick gekleideten Frauen. Vielleicht versäumt sie etwas bei ihren Pferden, in der Natur, ohne große Auftritte und ohne feste Beziehung? Sie könnte in der Stadt leben, in einem schönen Haus und ein tolles Auto fahren, anstatt ein kraftvolles Zugfahrzeug für ihren Pferdehänger. Es gibt nicht nur glückliche Momente auf ihrem Lebensweg.

Gerne engagiert sie sich in Arbeitsgruppen, zuletzt bei der Gleichstellungsbeauftragten der Stadt. Das Thema war die Gleichberechtigung der Frau in der Gesellschaft. Zur Information besuchte sie Vorlesungen über Gender Studies an der Universität. In Erinnerung bleibt ihr die Dozentin, die glaubhaft versicherte:

„Eine Frau ohne Mann ist wie ein Fisch ohne Fahrrad."

Ein toller Spruch, der so manche Überlegung überflüssig macht, findet Isabel.

Sie fährt zufrieden heim zu ihrem Hof und hilft bei der Stallarbeit. Die Gelassenheit der Pferde, der Kaffee mit dem Stallhelfer bringen sie wieder zurück in ihre Wohlfühlstimmung. Sie sattelt ihren Jo und trabt hinein in den Wald.

Nach diesem Treffen mit den Freundinnen wird Isabel animiert, über ihre Situation nachzudenken. So sinniert sie vor sich hin, kann sich aber beruhigen, denn im Innersten ist sie sicher, dass es wunderschön ist, ihr Leben. Dennoch kommt der Gedanke auf, sie könnte etwas verändern. Sie hat die freie Wahl, bleibt aber an ihrem Platz und greift neue Möglichkeiten nicht auf.

Jo macht einen Satz und reißt sie aus ihren Gedanken. Sie bremst ihn wieder ein, indem sie die Zügel aufnimmt. Isabel wird energisch darauf aufmerksam gemacht, dass sie wachsam sein und besser auf das Pferd achten müsste. Sie kann keinen Grund für das Scheuen von Jo entdecken, er ist wohl etwas übermütig und einfach gut drauf.

Sie lässt ihn antraben, lenkt ihn zum Weg, der steil in den Wald hinaufführt. Am Fuße des Hügels galoppiert sie an und lässt Jo die freie Tempowahl.

Die lange Steigung kostet dem Pferd Kraft und veranlasst es, oben angekommen, gerne eine ruhigere Gangart einzuschlagen. Ein alter Reitertrick, sein Pferd nur bergauf galoppieren zu lassen, damit es nicht auf dumme Gedanken kommt, wie Freudensprünge zu machen oder durchzugehen. Zum Reiten gehören auch Erfahrung und Weitblick, um wieder sicher im Stall anzukommen.

Jedenfalls ist es aus mit dem Nachdenken, der Ritt geht flott an den Bäumen vorbei, Isabel ist in ihrem Element. Die Waldrunde ist ohnehin bald zu Ende, sie wird daheim, wie geplant, noch Agnes Peindl anrufen.

Im Hof steht schon wieder das Polizeiauto. Isabel begrüßt die Beamten und bittet sie hinein in den Wintergarten. Sie muss zuerst ihr Pferd versorgen, dann geht sie zu den Herren, die es sich schon gemütlich gemacht haben. Sie wollen nicht bewirtet werden, nur eine klare Antwort auf die Frage, ob sie Waltraud Münchinger in letzter Zeit gesehen habe. Es sei sehr wichtig, betonen sie, Waltraud Münchinger wurde vermisst, man befürchte eine Gefahr für ihr Leben.

Die Beamten schauen sehr ernst drein, darum beschließt Isabel, die Wahrheit zu sagen und erzählt der Polizei von ihren Begegnungen mit Waltraud.

„Es wäre sehr gut gewesen, wenn sie uns einen Hinweis gegeben hätten, die Frau ist sehr verzweifelt. Sie sucht immer wieder Unterschlupf und erzählt die Unwahrheit über ihre Situation. Frau Münchinger arbeitet schon monatelang nicht und hat vermutlich kein Geld mehr, um ihren Lebensunterhalt zu bestreiten."

Isabel ist bestürzt, holt einen Schnaps und schenkt ein. Sogar die Polizisten kippen einen Klaren, so sehr nehmen sie Anteil am Schrecken von Isabel.

Den zweiten Schnaps lehnen sie dann doch ab, erzählen aber von den Anzeigen, die gegen Waltraud vorliegen. Es sind nicht über zwanzigtausend Euro, es sind über zweihunderttausend Euro, die von geschädigten Restaurants gefordert werden.

Friedhof Pérre Lachaise, Paris

Isabel ist zutiefst betroffen. Sie hatte einen großen Fehler gemacht! Sie konnte es nicht wissen, aber sie hätte verhindern können, dass Waltraud hilflos herumirrt und gesucht werden muss.

Vor Aufregung füllt sie den Schnaps noch einmal nach. Die Polizisten kippen ihn wieder weg.

„Das war jetzt ein Reflex", bedauert erschrocken Herr Moser, so heißt der kleinere Beamte. Herr Wenig, der größere, pflichtet bei.

„Ja mei, Pferdehöfe sind gefährlich", bedauern die Herrn und machen sich auf den Weg. „Nix für ungut, Frau Weber, sie können wirklich nichts dafür, wir werden ihre Freundin schon finden!" rufen sie noch beim Einsteigen.

Isabel bleibt in Schreckensstarre zurück, sie muss sich erst wieder sortieren, um ins Alltagsgeschehen zurückzufinden. Sie schlendert im Stall umher, schaut nach den Pferden, atmet die Ruhe ein, die sie ausstrahlen.

„Ja so ein Wahnsinn, taucht die Waltraud nach Jahren einfach hier auf und spielt die feine Dame, obwohl sie aus dem letzten Loch pfeift", denkt sich Isabel, geht zurück ins Haus und bezieht ihre Lieblingsecke vor dem Fernseher. Das Telefonat mit Agnes verschiebt sie auf den nächsten Tag.

In der Nacht schläft sie unruhig, sie horcht auf jedes Geräusch, in der Befürchtung, Waltraud könnte ums Haus schleichen.

Diese Begegnung mit Waltraud wird für Isabel immer unangenehmer. Ihr anfängliches Mitleid wandelt sich in Ärger. Es ist doch unverschämt, seine Freunde so auszunutzen, ihre Zeit zu stehlen und ihre Gutmütigkeit ins Lächerliche zu ziehen.

Am nächsten Morgen erscheint die Situation schon wieder in einem anderen Licht. Sie hat die neuen Erkenntnisse überschlafen, der Kaffee tut gut. Es kann nicht normal sein, daß ein Mensch in eine Traumrolle schlüpft und sich nicht mehr daraus befreien kann. Es muss irgendeine zwanghafte Störung sein, Waltraud braucht professionelle Hilfe.

„Was solls, sie ist untergetaucht." Mit dem Gedanken greift sie zum Telefon, um sich mit Agnes auszutauschen.

Das wird allerdings nicht so einfach, denn Agnes ist ihrem Ehemann sozusagen devot angepasst.

Man soll nicht lästern, Isabel würde so ein Leben nicht ertragen. Für Agnes ist es vorteilhaft, ein gesichertes Leben an der Seite ihres

Winfried zu führen. Auch Winfried findet sich in einer stolzen, grantigen Wohlfühlsituation wieder. Die Würde des Mannes ist auch der Stolz der Frau. Das ist von größter Wichtigkeit, auch die Nachbarn spielen dieses „Erfolgsleben" in gutbürgerlicher Ernsthaftigkeit des Daseins. Tatsächlich verschont dieses Leben weitgehend vor Abenteuern und größeren Herausforderungen, wenn man es sich im Eigenheim gemütlich macht. Diese Beschaulichkeit scheint erstrebenswert, zumindest auf den ersten Blick. Das kann sich gewaltig ändern, wenn ein Partner verstirbt. Es heißt so schön: „Wenn Gott einen Mann zum Narren machen will, dann nimmt er ihm die Frau!"

Da mag etwas daran sein, doch verstirbt der Mann zuerst, entsteht größte Not und Hilflosigkeit bei der Witwe, die keine Ahnung von den Geschäften des Mannes hat bezüglich Behördengängen, Bankgeschäften, Versicherungen und Problemen mit der Hausinstandhaltung.

Doch davon geht man nicht aus, man versperrt abends das Haus sorgfältig, sorgt für den guten Ruf, ein ordentliches Erscheinungsbild des Anwesens, pflanzt Blumen, pflegt die Hausfassade und geht allen Gefahren aus dem Weg.

Dieses beschauliche Dasein genießt Agnes und ist auch gleich am Telefon. „Hallo Isabel, ich bin beim Kochen und kann gerade nicht telefonieren, wenn ich Zeit habe, rufe ich dich zurück", meint Agnes und legt auf.

„Die hat sich jetzt wirklich sehr gefreut", denkt sich Isabel verärgert. „Die erwartet doch tatsächlich, dass ich auf ihren Rückruf warte!"

Isabel geht hinaus auf den Hof und beruhigt sich damit, dass man Menschen nicht ändern kann, es ist nicht der erste vergebliche Anruf bei Agnes.

Sie kommt aber nicht weit, das Telefon klingelt.

Anna ist dran, Anna Wunderlich, eine ganz liebe Freundin, sie besitzt eine Gärtnerei und gibt die schönsten Feste in ihrem Glashaus. Isabel freut sich über den Kontakt, kann sich allerdings denken, warum sie angerufen wird.

Sie liegt genau richtig, es geht um Waltraud. Die Polizei war auch bei Anna, um sich zu erkundigen. Isabel wundert sich, wie die Polizei zu all den Adressen kommt. Sofort erfährt sie, dass die Angaben von Agnes Peindl kommen, der braven Schulfreundin mit dem stolzen Ehemann Winfried.

Das Seltsame ist, dass Agnes tagelang nicht aufgemacht hat, als die Polizei bei ihr klingelte. Erst als Winfried zuhause anwesend war, öffnete er die Türe. Gibt es Gründe, warum Agnes die Polizei fürchtet? Hat sie etwas mit dem Verschwinden von Waltraud zu tun?

Die Beamten Moser und Wenig haben die Anekdote erzählt und nach Zusammenhängen gefragt. Jede Freundin hat etwas dazu beigetragen, wodurch sich herausstellte, dass Winfried wohl ein Doppelleben führt und jeden Vormittag außer Haus ist.

Das darf doch nicht wahr sein, der solide Winfried Peindl, ein Doppelleben, denkt sich Isabel, sie glaubt es zunächst nicht, es wird doch nichts mit Waltraud zu tun haben. Gruselige Gedanken schleichen ihr durch den Kopf. Hinter biederen Fassaden stecken immer wieder die unglaublichsten Tragödien.

Anna weiß zu berichten: „Agnes selbst spielt die Ahnungslose, sie behauptet steif und fest, ihr Winfried geht jeden Morgen zum Frühschoppen mit Freunden, an diesen üblen Tratschereien sei überhaupt nichts dran."

Doch der eigentliche Grund für Annas Anruf ist ein Klassentreffen, das in vier Wochen stattfinden wird, sie will Isabel dazu einladen.

Hoffentlich taucht Waltraud bis dahin wieder auf!

Isabel freut sich, so eine Zusammenkunft im größeren Kreis findet jedes Jahr statt, sie hat schon auf den Anruf gewartet. Ihre innere Uhr denkt zuverlässig mit, denn das Treffen wird immer im Juni abgehalten.

Die zwei unterhalten sich noch längere Zeit über Winfried und sein Doppelleben und die bockige Agnes, die nichts davon wissen will. Beide sind sich einig, Winfrieds mysteriöser Lebenswandel, die Polizeiangst von Agnes und das Verschwinden von Waltraud sind höchst merkwürdig und lassen ihnen einen kalten Schauer über den Rücken laufen. Isabel und Anna kauern sich über ihren Telefonhörern zusammen und sprechen leise, obwohl sie doch kilometerweit voneinander entfernt und alleine zuhause sind.

Jetzt ist es zu spät für Stallarbeit, der Helfer hat schon ausgemistet und gefüttert. Die Pferde grasen friedlich auf der Weide. Isabel geht in ihre Küche, um sich ein Mittagessen zu kochen.

Das Verschwinden von Waltraud geht ihr nicht mehr aus dem Kopf, sie wird abends ihre Türe fest verschließen, es passieren doch immer wieder Kriminalfälle, sogar in ihrer nächsten Umgebung und im Bekanntenkreis. Solange die Umstände nicht aufgeklärt sind, muss sie vorsichtiger sein.

Ausserdem wird ihr Angst und Bange, wenn Agnes tatsächlich anruft. Wie soll sie reagieren? Jetzt wird ihr auch klar, warum sie so kurz angebunden war, wird sie sich überhaupt noch melden?

Sie darf die Nerven nicht verlieren, vermutlich ist diese üble Vermutung nur eingebildet und es ist überhaupt nichts dran. Warum sollte sich der mehr als biedere Winfried auf die verrückten Waltraud einlassen? Da führt doch kein Weg hin, aber komisch ist alles schon.

Die nächsten Tage ist Isabel viel unterwegs, sie besucht befreundete Pferdezüchter. Es ist wichtig, immer am Ball zu bleiben, sich zu vergleichen und Kontakte warmzuhalten. Natürlich will sie wissen, welche Fohlen geboren wurden, welche Fellfarbe diese haben, wie sie gebaut sind und welche Preise verlangt werden.

Es ist nämlich nicht egal, wie ein Pferd aussieht, seltene Farben wie Black, Palomino oder Grullo sind begehrt, denn diese Pferde erzielen einen höheren Preis. Es werden auch Rückschlüsse über die Qualität der Zuchttiere gezogen, ob die Fohlen ein korrektes Gebäude haben, gerade Füßchen, kleine Köpfchen, einfach gute Proportionen. Daraus resultiert das Ansehen eines Züchters. Auch die Blutlinien der Zuchttiere werden genauestens studiert. Alle Quarter-Horse-Liebhaber kennen die Namen berühmter und bewährter Vorfahren auswendig. Bestimmte Kombinationen gelten als besonders erfolgreich und können entsprechend leichter und teurer verkauft werden. Alle Insider der Szene wissen genau, welche Pferde wo stehen, welche Fohlen geboren wurden, welche Deckhengste am beliebtesten sind und wer sie besitzt. Die Ergebnisse der Zucht will jeder selbst begutachten, darum schaut man immer wieder mal bei den anderen vorbei.

Ein Pferd trägt dreizehn Monate, es wäre ein großer Verlust, wenn ein Fohlen nicht den Erwartungen entspricht, die Stute leer geblieben ist, oder verfohlt. Somit ist es im Frühjahr besonders spannend, wenn die Fohlen geboren werden, ein reger Austausch beginnt. In der Regel weiß es jeder am nächsten Tag, wenn ein kleines Pferdchen das Licht der Welt erblickt. Internet macht es möglich. Jeder Züchter, der mitmischen will, hat eine Homepage und hält diese aktuell, wie ein Bilderbuch mit laufend neuen Seiten. Somit ist es keine Zauberei, wenn auch Insider in Übersee genauso schnell informiert sind, wie die direkten Nachbarn.

Zum Eintauchen in die Pferdeszene gehört natürlich auch die Gemütlichkeit beim Kaffee im Reiterstübchen. Die Philosophie der Pferdewelt wird ausgiebig gepflegt, Zeit spielt keine Rolle.

Isabel kommt oft spät am Abend auf ihren Hof zurück, der Stallhelfer weiß Bescheid und übernimmt die Abendfütterung und das Schließen der Paddocktüren. Für Isabel bleibt nur der beschauliche Kontrollrundgang, um noch einmal sicherzugehen, dass alle Pferde zufrieden sind und alles erledigt ist. Heute wird sie öfters nachschauen, auch in der Nacht, eine Stute erwartet ihr Fohlen in diesen Tagen.

Im Haus blinkt das Telefon und signalisiert einen nicht angenommenen Anruf. Die Nummer von Agnes Peindl wird angezeigt, es ist schon das dritte Mal, dass Isabel nicht zuhause war, als sie anrief.

Heute kann sie nicht mehr zurückrufen, denn in gutbürgerlichen Kreisen ruft man nach zwanzig Uhr nicht mehr an, das ist unhöflich und nur in Notfällen angebracht. Agnes würde ja mit einer schlimmen Nachricht rechnen, wenn so spät das Telefon läutet. Sie wäre beunruhigt, erschrocken und verärgert, wenn doch gar nichts passiert ist.

Das muss man einfach wissen, wie es in soliden Kreisen abläuft. Das Umfeld von Isabel besteht gut zur Hälfte aus kleinkarierten Bekannten und Verwandten, wie es eben in einer Kleinstadt und noch dazu auf dem Land so üblich ist.

Sie nimmt sich vor, am nächsten Tag zurückzurufen, allerdings mit dem mulmigen Gefühl im Bauch, sie könnte wieder einen ungünstigen Moment erwischen. Sie stellt sich den Wecker auf zwei Uhr und auf vier Uhr in der Nacht, damit sie nach ihrer Stute sehen und trotzdem ruhig schlafen kann.

Alles bleib ruhig in dieser Nacht. Ihre Stute steht entspannt in ihrer Box, das Warten auf ihr Fohlen geht weiter. Isabel wacht gut erholt auf, sie ist es gewohnt, öfters kurz in den Stall zu gehen und kann gleich wieder einschlafen. Am Morgen könnte es eine gute Zeit sein, Agnes anzurufen. Sie versucht es und siehe da, Agnes nimmt ab und ist sehr freundlich und entspannt. "Jetzt hat sie Zeit", denkt Isabel und tastet sich vorsichtig zu ihrem Thema Waltraud Münchinger heran.

Ganz ungeniert sprudelt aus Agnes heraus, dass Waltraud zwei Wochen bei ihr gewohnt hat. Es habe sich gut getroffen, denn ihr Winfried sei auf Kur gewesen und sie fürchte sich doch alleine im Haus. In der langen Zeit habe es sich nicht vermeiden lassen, dass intensive Gespräche geführt wurden. Waltraud habe eine Anekdote nach der anderen erzählt, vor allem aus ihrer Zeit in Hamburg und in Salzburg.

Agnes weiß von Waltrauds Magersucht und den Betrugstouren in Sterne-Lokalen. Der Guide Michelin war Waltrauds tägliche Lektüre und Hamburg ein weites Feld.

Die schlimmste Geschichte sei gewesen, als Waltraud in einem Gourmet-Tempel am Verlassen des Lokals gehindert wurde. Man kannte sich dort schon aus mit Zechprellern. Doch eine Frau, die nichts zu sich nahm und dennoch die Zeche prellen wollte, war hier dennoch neu. Die Polizei wurde geholt, die Personalien aufgenommen und Anzeige erstattet. Das war Waltrauds Abschied von Hamburg. Zum Glück waren ihre vorherigen Straftaten noch nicht aufgeflogen, sonst wäre sie wohl inhaftiert worden.

Seitdem sei Waltraud wohnungslos und arbeitslos. Sie kam durch Zufall auf Agnes, die eine Mitbewohnerin auf Zeit suchte. Bei ihr wollte sie erst einmal Zwischenstation machen, um weiterzusehen, wie sie im Leben wieder Fuß fassen könnte.

Die tollsten Geschichten habe Waltraud in Österreich erlebt. Dort hat sie sich in einer Selbsthilfegruppe mit einer Magersüchtigen angefreundet. Sie hieß Olga und war mindestens so verrückt wie Waltraud. Beide stachelten sich gegenseitig auf und erfanden Spiele, wie sie ihre Sucht auch noch gemeinsam genießen konnten.

So verlegten sie die nächtlichen Essattacken auf den Tag. Sie fuhren gemeinsam in einen Supermarkt, kauften die unvernünftigsten, kalorienreichsten und begehrtesten Lebensmittel mit möglichst weicher Konsistenz in Unmengen ein.

Sie bauten alles in ihrer Wohnung auf, um mit höchster Lust und voller Konzentration in einer Wohlfühlatmosphäre mit Kerzenlicht und sanfter Musik zügellos alles zu verspeisen. Vor dem großen Fressen tranken sie viel Wasser, damit sich der Magen leichter entleeren konnte.

Das vollkommen unkontrollierte, lustvolle Essen ist das Wichtigste im Leben einer Magersüchtigen mit Bulimie. Ein gemeinsames in sich Hineinstopfen von begehrten Nahrungsmitteln ist ein besonderer Kick, der hemmungslos macht, ja sogar in einer Orgie ausartet.

Um keinesfalls zuviel Kalorien aufzunehmen, wählt man die ganz schnelle Magenentleerung durch sofortiges Erbrechen.

Ist die Nahrung in der Toilette verschwunden, kann die nächste Runde der Fresslust beginnen.

Eine Schwierigkeit war die einzige Toilette in der Wohnung, doch die findigen Freundinnen lösten das Problem mit einem Putzeimer, der umfunktioniert wurde. Wer schneller war, benutzte die Toilette, der langsamere den Eimer. So konnte immer irgendwie Gerechtigkeit hergestellt werden. Es hätte stundenlang so weitergehen können, aber die erbrochene Magensäure verätzt die Speiseröhre und verursacht heftige Schmerzen, wodurch die Esslust beeinträchtigt wird.

Nach drei Durchgängen mussten sie sich erholen, manchmal schafften sie sogar vier Genussphasen mit anschließendem Erbrechen.

Die Orgien beanspruchten ihren Körper extrem, wodurch sie einige Stunden schlafen mussten. So sah Waltrauds optimale Wochenendbeschäftigung in Salzburg aus.

Es blieb nicht aus, dass Olga auch Gefallen an der Gourmet-Lokal-Tour fand. Waltraud war begeistert, denn die Allein-Besuche gestalteten sich nicht zum Hit. Zusammen aussuchen und sich auf das Essen freuen, machte mehr Spaß. Das Lokal-Verlassen-Ritual war auch neu und einfacher, denn eine Frau tat so, als ginge sie auf die Toilette, die zweite holte sie, als der erste Gang aufgetragen wurde und schwups waren beide weg.

Das machte Waltraud und Olga Spaß, ihr Leben wurde farbiger und lustiger. Die Schuldgefühle halbierten sich. Die Lokaldichte in Salzburg und im Umland schien schier unerschöpflich.

Sie wurden unvorsichtig und bequem. Das rächte sich bitter, noch dazu in einem wunderschönen Berggasthof mit hervorragender Speisekarte. Olga und Waltraud fuhren vor, stellten ihr Auto zwar an einer abgelegenen Ecke des Parkplatzes ab, bedachten aber nicht, dass ihr Verschwinden schnell bemerkt und dieser abgesperrt würde.

Sie flüchteten zu Fuß in den nahegelegenen Wald und warteten ab. Ungünstig war nur ihr dünnes Outfit und die winterlichen Temperaturen. Natürlich kleideten sie sich elegant, um den Abend zu genießen und entsprechend Eindruck zu machen.

Die Situation war verheerend! Total ausgehungert, zu leicht angezogen und ohne jede Aussicht, irgendwo Schutz zu finden, standen sie da. Der Berggasthof, aus dem sie fliehen mussten, war das einzig Haus weit und breit. Einen langen Weg durch den Wald, wollten sie ohne jede Ortskenntnis, nicht riskieren. Waltraud trug Ballerinas, Seidenstrümpfe und ein Spitzenkleid mit Seidenjäckchen. Olga war nicht besser dran mit ihren roten Pumps, leicht hätten sie erfrieren können. Ein Verirren im Wald hätte ihr Ende bedeutet. Auf der Straße wären sie vermutlich entdeckt worden.

Der Berggasthof begnügte sich mit einer Aufsicht am Parkplatz, einem Hausmeister, der in warmer Montur auf- und abging. Die Autos wurden zum Glück nicht kontrolliert, niemand wusste, welcher Wagen den geflüchteten Damen gehört. Es gab zahlreiche Übernachtungsgäste, so blieben immer Autos stehen. Olgas Wagen fiel somit nicht auf.

Waltraud und Olga verbrachten einige Stunden hüpfend und hampelnd im kalten Wald und beobachteten die Szene. Der Parkplatzwächter verdrückte sich um Mitternacht, es wurde ruhig und still. Olga näherte sich ihrem Auto, wartete eine halbe Stunde ab, schlüpfte hinters Steuer und fuhr bedächtig aus dem Parkplatz zum Waldrand, wo die bibbernde Waltraud einstieg.

Schwer gestraft saßen sie im Wagen und warteten auf die Wärme, die kommen würde und auch kam. Langsam, aber erleichtert fuhren sie zuerst in die falsche Richtung, falls sie doch verfolgt würden. Nach langer Irrfahrt erreichten sie Waltrauds Wohnung in Salzburg. Zum Glück war der Tank voll und ersparte ihnen eine nächtliche Tankstellensuche.

Bis zum nächsten Abnehmessen machten sie eine länger Pause. Der Aufenthalt im Berggasthof blieb zum Glück ohne Folgen.

Aber doch, nach einigen Tagen, erschien ein Artikel in fast allen Tageszeitungen über zwei Frauen, die in Lokalen auftauchen, ganz viele und teure Speisen bestellen und vor dem Essen und Bezahlen gemeinsam verschwinden. Eine interessante Story, die sich wie ein Lauffeuer verbreitete.

Wieder ein tiefer Einschnitt im Leben von Waltraud. Die beiden Freundinnen trennten sich. Für Olga wurde die Suchtpflege zu extrem, sie ließ einfach nichts mehr von sich hören.

Von da an zog Waltraud wieder alleine durch die Lokale.

Nach einigen Monaten las Waltraud in der Zeitung, eine Frau mittleren Alters sei in ihrem Appartement verbrannt. Überall waren Kerzen und Nahrungsmittel aufgestellt, sie sei eingeschlafen und am Rauch erstickt und verbrannt. Eine Kerze sei umgefallen und habe das Tischtuch in

Brand gesetzt. Das Feuer konnte rechtzeitig eingedämmt werden, bevor das ganze Haus den Flammen zum Opfer fiel.

Waltraud überkam eine Ahnung, wer die Frau sein könnte und bekam Gewissheit, als sie Olga telefonisch nicht erreichte. Ein Abstecher zu ihrer Wohnung bestätigte die Vermutung. Schwarze Rußfahnen markierten ihre Fenster, die kein Glas mehr hatten.

Das wurde Waltraud zu viel, sie konnte kein passendes Lokal mehr finden und fühlte sich nicht mehr wohl in Salzburg. In Hamburg war eine interessante Stelle ausgeschrieben, das erleichterte die Entscheidung, ihre Umgebung zu wechseln.

Bevor Agnes zur nächstem Episode ansetzen kann, bremst sie Isabel ein. „Ich muss jetzt dringend in den Stall", unterbricht sie Agnes, „eine Stute bekommt ein Fohlen und wir telefonieren schon zwei Stunden." Das versteht Agnes natürlich, man vertröstet sich auf ein weiteres Telefonat und tauscht sich noch über die Eröffnung eines neuen Supermarktes aus, zu dem Agnes unbedingt hinfahren will. Es gibt Sonderangebote und Preisausschreiben. Isabel interessiert sich nicht für derartige Events und verabschiedet sich.

Sie eilt in den Stall, zur Box der fohlenden Stute und findet das Pferd liegend und erschöpft im Stroh vor. Davor steht ein munteres Fohlen, noch nass hinter den Ohren und mit Resten der Fruchtblase am Hinterteil.

Die Mutterstute heißt Missy, sie schnaubt leise und hebt den Kopf. Isabel kniet sich neben sie und spricht beruhigend auf Missy ein. So verweilen sie kurze Zeit und genießen den Anblick des wunderschönen Fohlens, das auf der Suche nach den Zitzen an der Stute herum stupst.

Isabel tritt zur Seite um Missy zum Aufstehen zu ermuntern. Das Pferd richtet sich langsam auf, kaum steht es, schwappt auch schon die Nachgeburt ins Stroh. Isabel wird sie später in einen Eimer legen und dem Tierarzt zeigen. Der kontrolliert sie auf Vollständigkeit, denn zurückbleibende Reste würden zu schweren Komplikationen führen.

Alles erscheint bestens. Isabel nähert sich vorsichtig dem Fohlen, um es überall am Körper zu berühren, damit knüpft sie die ersten Bande zur Zähmung des Wildtieres, damit es den Menschen als ungefährlich erkennt.

Es ist ein großes Glücksgefühl für Isabel, ein Teil der Pferdegemeinschaft zu sein, in Harmonie mit diesen unendlich sanften Tieren, die allerdings schon als Fohlen viel mehr Kraft haben, als sie selbst.

Das Fohlen ist ein Hengst und hat die Farbe Bay, ein dunkles Braun mit schwarzer Mähne und schwarzem Schweif. Eine sehr schöne, aber auch häufige Farbe bei Pferden. Es gibt ein sehr treffendes Sprichwort: Ein gutes Pferd hat keine Farbe!

Der Ausdruck ist so zu deuten, dass es völlig egal ist, welche Farbe ein Pferd hat, viel wichtiger ist sein Charakter, seine Gesundheit und seine Reiteigenschaften.

Das Fohlen besitzt alle Wesenszüge, die man sich wünschen kann und hat die Zitzen gefunden. Genüsslich und gierig saugt das kleine Pferdchen schmatzend die Milch ein. Diese erste Milch nennt man Biestmilch, sie ist besonders wertvoll, das Fohlen nimmt damit wichtige Abwehrstoffe von der Mutter auf.

Isabel lässt die beiden kurz alleine, um einen Eimer für die Nachgeburt, ein Schnapsglas und ein Fläschchen Jod zu holen. Der Nabel des Fohlens ist eine gefährliche Eintrittspforte für Bakterien, darum wird er gründlich desinfiziert. Isabel schüttet Jodtinktur in das Schnapsglas, presst es an den Nabel und schwenkt es kräftig. Somit sind das Nabelstümpfchen und die umliegende Haut braun und keimfrei. Nun bleibt nur noch ein gründliches Ausmisten der Box, damit das Fohlen immer auf sauberem Stroh liegt.

Isabel kauert sich unauffällig in eine Ecke der Pferdebox und beobachtet das Wunder lange Zeit. Sie will das Glück nicht stören, nimmt noch einmal Kontakt mit dem Fohlen auf, streicht es am ganzen Körper ab und geht ins Haus.

Es ist das vierte Fohlen in diesem Jahr, eines steht noch aus und wird in einer Woche erwartet. Mit ihrer Kamera geht sie noch einmal zurück, macht ein Bild vom Hengstchen, um es sofort ins Netz zu stellen. Als Überschrift wählt sie „Traumhengst geboren". Es kommen sofort Gratulationen und Glückwünsche. Interessierte kündigen sich an.

Isabel will noch etwas einkaufen gehen und denkt an den neuen Supermarkt, den könnte sie jetzt ausprobieren. Sie sieht nach dem Rechten im Stall und natürlich noch einmal nach dem neuen Pferd, setzt sich in den Wagen und startet zum Einkaufstempel.

Der Parkplatz ist voller Autos, der Zulauf gigantisch, vielleicht hätte sie doch einen anderen Markt ansteuern sollen. Aber sie findet gleich eine freie Lücke, nimmt einen Einkaufswagen und stürzt sich ins Getümmel. Das Angebot ist überwältigend, Isabel hat Zeit und schaut sich neugierig um.

Am hinteren Ende des Marktes entdeckt sie Agnes Peindl, was ja doch kein großer Zufall ist. Menschenmassen blockieren die Gänge, Isabel will sie begrüßen, hat aber auf dem Weg noch einiges einzukaufen. Agnes steht an der modernen Wursttheke an. „Man wird sich an der Kasse treffen", denkt Isabel und verfolgt die Wege der Freundin aus der Ferne. Auffällig ist, dass Agnes keinen Einkaufswagen hat und sich nach dem Wurstkauf immer weiter in Richtung Ausgang bewegt.

„Sie wird etwas vergessen haben", denkt sich Isabel, bei diesem Warenangebot verliert man jede Orientierung. Sie selbst begibt sich in Richtung Kassen, in der Hoffnung, dort Agnes zu treffen. Zuletzt sieht sie diese am Automaten für die Pfandflaschenrückgabe neben dem Eingang des Supermarktes. Sie scheint sich für die Flaschenrückgabe zu interessieren, wartet ab, bis Kunden das Geschäft betreten und schlüpft schnell durch die geöffnete Eingangstüre hinaus. Fort ist sie!

„Was war das jetzt?" denkt sich Isabel überrascht. Vielleicht hat Agnes nichts gekauft? Aber die Wursttüte an der Theke nahm sie doch entgegen? Sie hat wohl ihr Geld vergessen und die Wurst einfach irgendwo hingelegt.

Isabel konzentriert sich auf ihren Einkauf, es wird sich schon aufklären, warum Agnes verschwunden ist. Isabel hätte sich doch bemerkbar machen und Agnes aus der finanziellen Verlegenheit helfen sollen.

Sie wendet sich ihren eigenen Einkäufen zu, am Abend werden Freunde kommen, um den kleinen Hengst zu bewundern, vielleicht ist schon jemand mit Kaufabsichten dabei.

Das Leben ist doch schön, Isabel fühlt eine große Freude in sich. Alles gelingt, sie ist erfolgreich, steht finanziell gut da, hat gute Freunde. Was braucht sie mehr? Das Wichtigste ist ihre Freiheit, sie kann alleine entscheiden und über ihren Tag verfügen. Diese selbstbestimmte Lebensweise erfüllt sie jeden Morgen mit einem Glücksgefühl. Jeder Tag beginnt perfekt. Fast jeder, es gibt auch bei ihr schwarze Tage, die sind allerdings sehr selten, hofft sie wenigstens.

Isabel überprüft ihre Einkäufe, sie will kleine Snacks anbieten, natürlich braucht sie Coca Cola und Jack Daniels, Bier ist noch genügend im Kühlschrank.

Sie freut sich schon wieder auf den kleinen Hengst und fährt nach Hause.

Vor den Gitterstäben der Pferdebox haben sich schon der Hofhelfer und eine Nachbarin eingefunden. Sie stehen regungslos und staunend da, die Mutterstute darf nicht bedrängt werden. Stuten sind am Anfang sehr um ihr Fohlen besorgt, niemand darf ihm zu nahe kommen. Darum platziert sie sich sofort zwischen Fohlen und Betrachter und schirmt ihr Kind vor neugierigen Blicken ab. Der Zutritt von fremden Personen könnte durchaus gefährlich werden.

Deshalb begnügt sich Isabel mit einem kurzen Blick in die Box und bittet die Neugierigen ins Haus. Sie will die Stute nicht noch mehr stressen.

Isabel plant allerdings noch mal ein Foto für das Internet zu machen und braucht dafür eine entspannte Atmosphäre.

Zuerst stoßen sie mit Sekt auf die glückliche Geburt und das schöne Hengstchen an. Isabel bringt die Einkäufe in die Küche, stellt Cola und Jackie kalt und bereitet die Häppchen vor.

Die befreundete Nachbarin bietet sich an, diese Arbeit zu übernehmen, damit Isabel fotografieren kann.

Gesagt getan, Isabel holt ihre Kamera, schnappt sich den Stallhelfer und beide machen sich auf den Weg, um schöne erste Bilder vom Fohlen außerhalb der Pferdebox zu machen.

Es ist eine gute Gelegenheit, diese Arbeit zu erledigen, bevor noch mehr Besucher kommen. Sie nennt es Arbeit, obwohl es ein Vergnügen ist. Alle Tätigkeiten auf dem Pferdehof sind eigentlich schön, aber es kostet Zeit und Umsicht, alles muss sorgfältig gemacht werden, damit es gelingt.

Isabel geht sanft und vorsichtig in die Box und nähert sich beruhigend der Stute. In den ersten Tagen nach der Geburt versteht die Stute keinen Spaß und beschützt ihr Fohlen wie eine Löwin.

Isabel ist sehr vertraut mit dem Pferd, darum kann sie die Box unbeschadet betreten und ruhig auf Missy einreden. Hat sich das Pferd an ihre Anwesenheit gewöhnt und die Situation als ungefährlich erkannt, wird es ruhig, schirmt sein Fohlen aber dennoch mit seinem Körper ab. Isabel legt Missy das Halfter an und klickt den Führstrick ein.

Ihre Stuten, mit Fohlen bei Fuß, tragen nie unbeaufsichtigt ein Halfter. Das Fohlen könnte sich darin verfangen, Panik und ein schlimmes Unglück könnte die Folge sein. Ein umsichtiger Pferdehalter sorgt hier vor.

Der Stallhelfer macht die Boxentüre zum Hof auf und Isabel führt die Stute mit gutem Zureden behutsam hinaus. Das Fohlen will instinktiv in der Box bleiben, darum kommt der Stallhelfer von hinten und schiebt es ganz sanft und ruhig durch die Türe. Die zwei Pferde schauen sich erst auf dem Hof um, ob keine Gefahr droht und fühlen sich bald sicher.

Das kleine Hengstchen bleibt an der Seite der Mutter und macht nur kleine Seitensprünge voller Neugierde auf die Welt. Isabel führt eine kleine Runde, lässt den beiden Zeit und übergibt den Führstrick dem Stallhelfer, der ihr die Kamera reicht. Sie sind ein eingespieltes Team.

Jetzt können Fotos gemacht werden, die das Fohlen von allen Seiten und mit der glücklichen Stute zeigen.

Besonders interessant für die Betrachter ist das Bild von vorne, hier kann man sehen, ob die Füßchen ganz gerade sind. Oft stehen die unteren Gelenke etwas nach außen, was sich in der Regel nach einiger Zeit von selbst gibt, wenn die Beine belastet werden. Darum sind Bewegung und das Laufen auf festem Boden sehr wichtig für die Kräftigung der Beinchen. Morgen werden die zwei zum ersten Mal einen Weidegang machen.

Fohlen, die in der Box in tiefem Einstreu bewegungsarm gehalten werden, haben einen großen Nachteil, obwohl der Besitzer es vermutlich gut meint.

Es dauert keine zehn Minuten und die Prozedur ist erledigt, die Stute wird zurück in die Box geführt, das Fohlen nachgeschoben, das Halfter abgenommen und die Bilder ins Netz gestellt. Wieder ist ein wichtiger Schritt zur erfolgreichen Vermarktung getan. Das Pferdchen ist nun bekannt, in Amerika und bei allen interessierten Quarter Horse Besitzern. Züchten ist auch ein Geschäft, keine Freizeitbeschäftigung, obwohl sich beides nicht ausschließt.

Appetitliche Häppchen stehen schön angerichtet auf dem Tisch, die Hunde Lisa und Amigo sitzen angespannt davor. Die Nachbarin bewacht das Geschehen, sie hat keine Autorität über die Hunde und ist froh, dass Isabel zurückkommt.

„Das ging aber schnell, vielen herzlichen Dank", freut sich Isabel und schickt die Hunde in ihr Körbchen. Die Nachbarin geht erleichtert über die Ablösung am Tisch, sie eilt wieder in die Küche, um noch weitere Brötchen zu kreieren.

Autos fahren vor, pferdeverrückte Freunde steigen aus, mit und ohne Hut im Cowboy Look, wie es in der Szene durchaus üblich ist. Der erste Weg führt natürlich in den Stall, wo der Stallhelfer noch frisch eingestreut hat.

Langsam kommt der Abend, das Licht wird eingeschaltet, die Besucher zeigen sich beeindruckt. Natürlich werden auch die anderen drei Fohlen bewundert, zwei von ihnen sind schon verkauft. Die stolzen Besitzer sind auch unter den Besuchern. Sie wohnen nicht weit weg und möchten insgeheim abschätzen, ob sie das beste Pferd gekauft haben. Wobei das eigene immer das beste ist. Niemand würde etwas Gegenteiliges behaupten.

So sind alle zufrieden und gehen ins Haus. Mit einem Longdrink in der Hand wird erzählt, natürlich von Pferden, aber auch über Waltraud, ein Bauer will sie am Waldrand gesehen haben. Er könnte sich aber auch getäuscht haben. Davon geht man aus. Was sollte Waltraud im Wald?

Noch ein Auto fährt in den Hof, es ist Conny, eine pferdelose Bekannte aus der Nachbarschaft, die sich gerne an den abendlichen Runden beteiligt.

„Was kommst du so spät?" fragt Isabel. Conny ist aufgeregt und abgehetzt, ihr Mann, der Filialleiter des neuen Supermarktes, hatte Ärger mit einer Kleptomanin, schon am ersten Tag.

„Das fängt schon gut an", erzählt Conny, „eine Frau hat gestohlen und ist gefasst worden. Die Polizei musste geholt und eine Anzeige gemacht werden." Isabel bekommt Gänsehaut, sie denkt unweigerlich an Agnes. „Wer ist diese Frau?" will sie wissen.

„Ach, den Namen habe ich mir nicht gemerkt, aber sie ist mit der Ware einfach durch den Eingang verschwunden, ohne zu bezahlen. Aufgefallen ist es dem Mitarbeiter, der dafür abgestellt war, am Eröffnungstag die Überwachungskamera am Eingang zu beobachten."

„Eine Kleptomanin, wie schrecklich, die arme Frau!" Andere Gäste klinken sich in die Schilderung ein. Der Stallhelfer erzählt: „Meine Schwägerin hatte das auch, sie musste immerzu etwas klauen, es war eine Tragödie für die ganze Familie. Erst nach vielen Vorstrafen und einer langen Therapie hat sie sich gebessert."

„Was ist denn los, kennst du die Frau?" fragt Conny, denn Isabel wird ganz bleich und verstört.

„Ich fürchte, es ist meine Schulfreundin Agnes Peindl", bekennt Isabel. „Ich war heute auch im Supermarkt und habe gesehen, wie sie mit der gekauften Wurst durch die Eingangstüre verschwunden ist."

„Das gibt`s doch nicht, so klein ist die Welt, diese Agnes ist zum vierten Mal erwischt worden. Ihre Anzeige hat so lange gedauert, weil sie einen Anwalt wollte und nichts zugegeben hat. Erst als die Polizei ihr Auto durchsuchte, hat man die Ware gefunden. Es stellte sich heraus, dass sie bereits Vorstrafen hat und in vielen Geschäften Hausverbot", erzählt Conny weiter.

Isabel versteht die Welt nicht mehr, sind denn alle verrückt geworden? Was ist los mit ihrer Generation, ist sie selber womöglich auch neben der Spur? Sie kommt ins Grübeln, alle debattieren mit, bis in die Nacht hinein.

Auch Isabel kennt Personen, die zu gerne etwas mitnehmen. Ein guter Freund, der genug Geld hatte, zuhause aber auffallend bescheiden lebte, hatte diese Unsitte. In seinem Wochenendhaus wurde man mit zusammengewürfeltem Geschirr bewirtet. Als Isabel ihre eigenen Weingläser vorgesetzt bekam, wusste sie warum. Bei jedem Besuch hat er etwas eingesteckt. Das erklärte die fehlenden Gegenstände in ihrer Wohnung. Was soll`s, sie hat nie etwas gesagt und wollte die Freundschaft nicht gefährden. Es waren Dinge, die sie entbehren konnte, er brauchte sie zwar auch nicht, aber er wollte den Kick.

Der Freund war längst verstorben, Isabel muss lächeln. Sie kennt viele Männer, die gerne etwas mitnehmen, gelegentlich. Aber echte Kleptomanie, wie bei Agnes, findet man häufiger bei Frauen, denkt sie sich und überlegt, wie man sich weiterhin verhalten soll. Das Klassentreffen steht an, sie muss damit rechnen, dass Agnes teilnimmt.

Vermutlich lässt sie sich nichts anmerken und spielt ihre Rolle nach wie vor weiter. Wie sich gerade herausstellt, lebt Agnes schon viele Jahre mit der Krankheit, gibt aber die brave Hausfrau voller Unschuld und Hingabe. Es wäre unklug, daran zu rütteln. Sie wird es für sich behalten und keiner Klassenkameradin etwas erzählen. Ob sich das verheimlichen lässt? Es kann nicht im Verborgenen bleiben, wenn Hausverbote ausgesprochen werden.

„Wir sind die erste Nachkriegsgeneration und noch im Klischee unserer Eltern gefangen", denkt Isabel laut nach.

Es sind noch zwei Gäste übrig geblieben, ein Ehepaar mit weiter Anfahrt, sie werden über Nacht auf dem Hof bleiben. Es wird Rotwein getrunken, Ingrid und Peter sind keine Jacky-Freunde und verachten Coca Cola. Auch den Whisky trinken sie lieber pur.

Isabel holt noch eine Flasche Rotwein, zu dritt führen sie tiefgreifende Gespräche. Sie resümieren über das Zusammenleben ihrer Eltern und über die Rolle der Mutter in der Beziehung. Diese Vorbilder sind noch in den Köpfen der Kinder und beeinflussen ihr Weltbild. Bleiben vor allem die Mädchen in der Entwicklung des Selbstbewusstseins hinter ihren Möglichkeiten zurück?

„Ganz sicher", meint Ingid. „Von Selbstbewusstsein war in meiner Kindheit nie die Rede, ich wusste gar nicht, was Selbstbewusstsein ist. Mir wurde Bescheidenheit vermittelt. Ich glaubte, ich sei unbedeutend, ja minderwertig und faul."

Isabel pflichtet bei: „Mit jeder schlechten Note war ich mir bewusst, dass ich mich nicht mit den anderen messen konnte. Zumindest hat mir meine Mutter das Gefühl gegeben, ich müsste eigentlich ganz anders sein, fleißiger, braver, ordentlicher, schöner, größer!"

Ein Weltbild, in dem sich die Mutter auch als ungenügend empfunden hat. Viele Frauen machten sich finanziell abhängig von ihren Männern und konnten sich ein Ausbrechen aus der Ehe nicht vorstellen. Ihrem Schicksal ausgeliefert, entstand die Unzufriedenheit mit ihrem Leben. Die Mütter forderten ihre Rechte nicht ein, sie machten sich ihre Rechte gar nicht bewusst.

Diese häuslichen Vorgaben haben viele Kinder verinnerlicht, denn sie wuchsen auf mit einem Gemisch von Frust, Angst und Unterdrückung. Die Kindheitserlebnisse und das soziale Umfeld prägen den Charakter. Die Entwicklung der eigenständigen Persönlichkeit und der eigenen Wertschätzung gelingt mehr oder weniger gut. Es ist oft ein Schrei nach Selbstbestätigung und Liebe, diese Sackgasse, in die sich Menschen begeben, um sich selbst zu spüren.

Jeder denkt über sein eigenes Leben nach und geht zu Bett.

Die Nacht ist kurz, ein wunderschöner Morgen belohnt das frühe Aufstehen. Iris ist schon im Stall bei Missy, Stute und Fohlen haben die erste Nacht gut überstanden. Das Fohlen trinkt genüsslich am Euter, Missy hat so viel Milch, dass sie dem Hengstchen aus dem Mäulchen tropft.

Leicht verschlafen sitzen die Gäste am Frühstückstisch. Das Thema vom Abend beschäftigt immer noch ihre Gedanken. Ingrid und Peter analysieren die Situation ihrer Kindheit. Der Stallhelfer kommt auch dazu und hat viel zu erzählen. Immer steht die Mutter im Mittelpunkt, sie scheint eine Schlüsselrolle einzunehmen, wie sie im Leben steht und ihre Befindlichkeit den Kindern vermittelt.

Isabel gibt zu bedenken: „Auch wenn Väter mehr im Hintergrund scheinen, prägen sie genauso das Weltbild der Kinder."

Bei allen funktionierte der Papa als Felsen in der Brandung, er hatte eine sichere Arbeit und versorgte die Familie zuverlässig. Die Frau machte den Spagat zwischen Haushaltsmanager und fürsorgende Mutter.

Man hat vorher nie darüber nachgedacht, das Thema zieht alle in ihren Bann, es werden Antworten auf gewohnte Lebenseinstellungen entdeckt. Auswirkungen der Kindheitserfahrungen auf das eigene Ich könnten durch diese Analyse erkannt werden.

Es macht Spaß, lenkt allerdings vom eigentlichen Grund ihres Besuchs ab. Zum Abschluss gehen Peter und Ingid noch mit in den Stall, Missy und ihr Fohlen werden für den Weidegang vorbereitet. Die Hufe der Stute werden ausgekratzt und das Halfter angelegt. Diesmal führt der Stallhelfer die Stute und Isabel schiebt das Fohlen durch die Türe. Dann eilt sie voraus und öffnet das Weidetor. Das Halfter wird abgenommen und Missy galoppiert erfreut über die wiedergewonnene Freiheit davon, das Fohlen folgt tapfer, wenn auch noch etwas unsicher.

Der erste Weidegang wird überwacht, damit dem Kleinen kein Missgeschick passiert. Der Elektrozaun ist ausgeschaltet, Mutter und Kind sind alleine auf der Weide, damit Missy ihr Fohlen nicht vor anderen Pferden verteidigen muss. Ein Fohlen kann durchaus in einen Schlagabtausch geraten. Mit jungen Pferdemüttern ist nicht zu spaßen. Isabel setzt sich mit ihren Gästen auf die Bank vor dem Weidezaun, alle haben eine Tasse Kaffee dabei und unterhalten sich weiter.

Der Boden ist noch kalt, sobald sich das Fohlen zum Ausruhen niederlegt, geht es zurück in die warme Box. Missy startet noch einige Male

A FRED·CHOPIN

Friedhof Pérre Lachaise, Paris

kräftig durch und buckelt sich aus. Sie weiß, das Vergnügen ist am ersten Tag kurz. Sie geht dennoch gerne zurück, frisches Heu und ihre Kraftfutter-Ration erwarten sie.

Ingrid und Peter treten die Heimfahrt an und verabschieden sich. Es kehrt wieder Ruhe ein auf dem Pferdehof, Isabel genießt es, indem sie sich noch einmal ausgiebig mit dem Fohlen beschäftigt.

Sie drängt den Kleinen in eine Ecke der Box, damit er nicht so leicht ausbüchsen kann, geht in die Hocke und berührt das Pferdchen, krault und streichelt es überall. Das Abstreichen der Beinchen ist unbeliebt, aber nach und nach lässt es das Fohlen über sich ergehen. Hier muss der Fluchtreflex überwunden werden. Sobald die Füßchen angefasst werden können, beginnt Isabel mit dem Aufheben der Beine. Es ist ein Geduldsspiel, Ruhe ist das oberste Gebot. Jeder Stress überträgt sich auf das Pferd und befeuert den Fluchtreflex.

Isabel hört Stimmen auf dem Hof und schaut nach. Es ist Conny, die pferdelose Nachbarin. Besorgt sprudelt es aus ihr heraus: „Ich hätte das mit deiner Freundin im Supermarkt nicht erzählen dürfen, mein Mann ist sehr verärgert. Die Angelegenheit ist gütlich geregelt worden und soll einfach übergangen werden".

„Ist schon gut", beruhigt Isabel, „keiner meiner Bekannten von gestern kennt Agnes, darum werden sie alles schnell vergessen. Aber warum darf es nicht bekannt werden?"

„Der Ehemann von Frau Peindl ist gekommen, hat sich entschuldigt, alle Schulden bezahlt und versichert, seine Frau sei krank. Er hat die Supermarkteröffnung übersehen, ansonsten hätte er sie nicht alleine aus dem Haus gelassen. Seine Frau ist bereits in Therapie, alles ist so fürchterlich beschämend. Herr Peindl hat gebeten, die Anzeige zurückzunehmen. Er ist natürlich mit einem Hausverbot für seine Frau einverstanden und wird künftig besser auf sie aufpassen", erzählt Conny. „Man hat sich geeinigt, die Sache fallenzulassen und Geheimhaltung zu üben. Jetzt steh ich da und habe es ausgeplaudert. So eine ehrenrührige Angelegenheit, mein Mann ist außer sich. Er ist doch verantwortlich für das Ansehen des Supermarktes."

Isabel beruhigt: „Schwamm drüber, es hat keinen Diebstahl im Supermarkt gegeben, nie wird jemals wieder darüber gesprochen."

Isabel ist heilfroh, dass sie Agnes nicht angesprochen hat bei ihrer Beobachtung am Eröffnungstag.

„Damit ist alles geklärt und ich weiß, wie ich mich beim nächsten Kontakt mit Agnes zu verhalten habe. Trinken wir noch einen Kaffee", schlägt Isabel vor.

Schon sitzen Conny und Isabel wieder im Wintergarten und plaudern. Die zwei sind sich einig, Ratschereien sind gefährlich, aber so unterhaltsam. Es lässt sich nicht vermeiden, Skandale passieren und erzeugen ein Verlangen, sie mitzuteilen, natürlich unter strengster Vertraulichkeit. „Ist nicht das Heimliche und Verbotene der Auslöser für die Tat?" sinniert Conny. „Wäre nicht die Offenlegung der kriminellen Veranlagung die beste Therapie?"

„Das hat was", pflichtet Isabel bei. „Vermutlich müssen die Kleptomanen ihre Krankheit erst innerlich selbst verarbeiten, um sich zu bessern", bedenkt sie. „Wer unter Selbstzweifeln leidet und dann noch öffentlich gebrandmarkt wird, könnte ganz aus der Bahn geworfen werden."

Sie gehen davon aus, dass Psychologen bei einer Therapie schon richtig handeln. Winfried wird einbezogen sein und Schadensbegrenzung betreiben. Vielleicht ist er ja ganz ein netter, der Winfried? Es wäre ihm allerdings auch nicht zu verdenken, wenn er ein Doppelleben führte. Dann beißt sich die Katze selber in den Schwanz, heißt es, das wäre Frust auf allen Ebenen.

„Was soll's, wir sind raus", pflichten sich die Frauen bei. Sie haben fest vor, die Angelegenheit aus ihrem Gedächtnis zu streichen. Zumindest aus ihrem vom Mitteilungsbedürfnis geprägten Gedächtnis.

Sie selbst sind ausgelastet, Conny führt eine kleine Frühstückspension im Nachbarort, Isabel stellt sich wieder jede Nacht den Wecker, das letzte Fohlen in diesem Jahr wird erwartet.

Miriam

Charro, das Pferd von Miriam Vogel, kommt ohne Reiter auf Isabels Hof zurück. Der kreuzbrave Wallach ist schnell gelaufen und steht mit geblähten Nüstern vor dem Stall. Der Stallhelfer Markus entdeckt Charro zuerst, führt ihn hinein, sattelt ab, beruhigt ihn und stellt ihn in seine Box.

Auch Isabel ist sofort zur Stelle, es bedarf keiner Worte, sie holen ihre Pferde, satteln eilig und reiten hinein in den Wald. Sie wählen den Weg, den Miriam vermutlich genommen hat. Im langsamen Trab durchsuchen sie die Waldränder, ganz aufmerksam, um nichts zu übersehen. An der Wegkreuzung teilen sie sich, jeder übernimmt eine Richtung. Markus besitzt ein eigenes Pferd, ein Grund, warum er diesen Job angenommen hat. Er ist freischaffender Künstler und bessert sich mit der Stallarbeit seinen Lebensunterhalt auf, um unabhängig von den Verkäufen seiner Arbeiten zu sein und natürlich spart er sich die Einstellkosten für seinen Moritz. Isabel wählte ihn darüber hinaus, weil er ein Pferdekenner und mit seinem bescheidenen Lohn zufrieden ist. Er hat sein Pferd kostenlos untergebracht und kann sich seine Zeit relativ frei einteilen.

Sie brauchen nicht lange suchen, Miriam kommt humpelnd entgegen, Markus entdeckt sie zuerst. Isabel ist noch in Rufweite. Er steigt ab, setzt Miriam auf sein Pferd und führt beide nach Hause.

Isabel reitet neben Miriam her und versucht zu erfragen, was passiert ist. Die Verunglückte wirkt erstaunlich gelassen, ja fast heiter. Sie hat sich den Fuß verdreht, scheint aber ohne ernsthafte Verletzung zu sein. Außer einigen blauen Flecken wird der Sturz ohne Folgen bleiben.

Passiert ist es unterhalb der Felsnasen mit den Höhlen, als Charro einen großen Satz gemacht und in den Wald galoppiert ist. Miriam wurde von einem Baum abgestreift und landete am weichen Waldboden. Charro konnte sich nicht mehr beruhigen und rannte bis zu seiner Heimat auf dem Hof.

„Er steht wohlbehalten in seiner Box", beruhigt Isabel. Beim Absteigen kann Miriam schon wieder normal gehen und bekommt einen heißen Tee im Wintergarten.

Sie klopft sich die Kleider ab, zupft ihre Frisur zurecht, schaut nochmal nach ihrem Charro, steigt in ihren Mercedes und fährt heim.

„Zum Glück ist es gut gegangen", meint Isabel erleichtert zu Markus. „Es ist an der gleichen Stelle passiert, an der mein Jo gescheut hat. Wir sollten uns dort einmal genau umsehen!" Markus erwidert gelassen: „Ja unbedingt, aber heute haben wir schon über eine Stunde Zeit verloren, die Arbeit macht sich nicht von selbst!"

Sie helfen zusammen, damit Markus die verlorene Zeit nicht alleine nachholen muss. Sie plaudern über Miriam, die Schöne, sie ist immer gut drauf. „Sie hat ihr Leben voll im Griff", meint Isabel.

„Na ja, manchmal übertreibt sie schon", meint Markus verlegen, er wird sogar rot im Gesicht. „Zweimal hat sie mir jetzt schon auf dem Heuboden aufgelauert." „Wie aufgelauert?" hakt Isabel nach.

„Da möchte ich jetzt nicht näher darauf eingehen, sie sucht jedenfalls Abenteuer mit Männern."

„Aber sie hat doch einen imposanten Mann und jede Menge Geld", stellt Isabel fest. Süffisant lächelnd erzählt Markus, dass er auf seinem Heimweg direkt am Swingerclub in Aufhausen vorbeikommt. Wenn es an Donnerstagen etwas später wird, sieht er Miriams Wagen versteckt hinter Büschen parken. Seit er das entdeckt hat, passt er auf und macht die Beobachtung schon lange Zeit. Zuerst dachte er, es sei ihr Mann, der Miriams Wagen zur Tarnung nimmt, aber nach den Erlebnissen auf dem Heuboden fiel es ihm wie Schuppen von den Augen. Er ist sich jetzt sicher, Miriam besucht jeden Donnerstag den Swingerclub in Aufhausen. „Warum hast du das nie erzählt, was Miriam für eine Getriebene ist?" fragt Isabel etwas beleidigt. „Darüber schweigt der Kavalier, ich will nicht, dass es Stress auf dem Hof gibt. Darum habe ich mich auch nicht mit ihr eingelassen, denn so was bringt Ärger mit sich", entgegnet Markus beruhigend.

Isabel hat Miriam ganz anders eingeschätzt, sie ging davon aus, dass sie einen tollen Mann hat, mit dem sie viele Einladungen schmeißt, der seine Frau gerne vorzeigt. Sie geben den Eindruck eines Traumpaares in einer Märchenwelt. Miriam erzählt oft von den Partys mit Geschäftsfreunden ihres Mannes, vom leckeren Catering in ihrem Garten mit Pool und großer Terrasse.

Sie lässt sich gerne beraten, welches Kleid, welche Frisur, welches Parfum sie wählen soll. Isabel hilft gerne, sie bekommt dadurch einen

Schnupperkurs in die Welt der sich wichtig Fühlenden, mit der sie sich ansonsten nicht beschäftigt. Auch Isabel kennt gute Schneiderinnen, Discounter mit trendiger Markenmode, oder Friseure mit besonderer Begabung in ihrem weitläufigen Bekanntenkreis und kann durchaus mitreden. Die Plaudereien im Reiterstübchen befassen sich nicht nur mit Pferdegeschichten. Manche Kunden kommen von weiter entfernten Orten, denn gute Einstellplätze für Pferde sind rar. Sie stammen aus den unterschiedlichsten Schichten und haben Einblicke in interessante Kreise. Wie schon erwähnt, der Gesprächsstoff geht auf einem Pferdehof niemals aus.

Miriam wohnt 25 km entfernt im Nobelviertel der Stadt. Ihren Charro hat sie einem Industriellen abgekauft, der als Hobby Quarter Horses aus Texas importiert. Er schaltet die aufwendigste Werbung mit seiner „Stone Ranch" und wirkt dadurch sehr kompetent. Man nennt sich nicht Pferdehof, sondern Ranch, das ist gängige Praxis in der Szene. Den passenden Stall, in dem es ihrem Charro gut geht, hat Miriam bei Isabel gefunden.

Miriam kommt gelegentlich vorbei, um das Pferd zu sichten und zu streicheln. Sie bringt ihm Möhren und Vitamine in Form von Pülverchen mit, die bei jeder Fütterung ins Kraftfutter gemischt werden müssen. Gerne erscheint Miriam am späten Nachmittag, wenn die Pferde von der Weide geholt werden. Dann kann sie ihren Charro spazieren führen, damit er an besonders saftigen Stellen am Waldrand grasen kann. Das gelingt besser, wenn er nicht nach seinen Kameraden auf der Weide wiehert und abgelenkt ist.

Fürs Reiten nimmt sie sich selten Zeit. Wenn sie ihren Charro sattelt, dann auch nur am Spätnachmittag, wenn er vom Weidegang ausgeglichen ist, ansonsten kommt es vor, dass Charro umkehrt und lieber zu seinen friedlich grasenden Freunden möchte. Mit anderen Worten, Miriam hat keine Autorität über das Pferd und vermeidet es einfach, sich derartigen Anforderungen auszusetzen.

Sie bemüht einen Trainer namens Tom, der ihr auf dem Reitplatz Unterricht gibt. Tom verhilft ihr zur notwendigen Sicherheit, sich auf dem Pferd zu behaupten. Charro ist durchaus in der Lage, diese Situation einzuschätzen und benimmt sich ordentlich, wenn Tom anwesend ist. Gelingt ein Manöver mit Miriam nicht, setzt sich Tom auf das Pferd und es flutscht wie durch Geisterhand. Tom unternimmt auch kleine Ausritte mit Charro und kann keinerlei Unwillen bemerken. Charro kommt mit Tom nicht auf die Idee, umkehren zu wollen.

So wird es zur Gewohnheit, dass Miriam Ausritte mit Tom plant und sich Jo, das Pferd von Isabel, ausleiht, damit Tom ihren Charro erziehen kann. So gelingt jeder Ausritt zum Wohlgefallen.

Isabel bekommt jetzt Zweifel, ob es nur um das Reiten geht, denn Tom ist ein durchaus attraktiver Mann.

Warum Miriam heute alleine ausgeritten ist, hinterfragt sie nicht, es wird ihr wohl danach gewesen sein. Dafür hält man sich ein eigenes Pferd!

Isabel geht gerne mit ihrem Jo alleine ins Gelände, es ist für sie eine Zeit zum Auftanken und Abschalten. Sie schöpft ihre Kraft aus sich selbst, mit dem klaren Bewusstsein, auf einem positiven Weg zu sein.

Das Alleinsein mit ihrem Pferd spiegelt ihre Lebenssituation wider, die Freiheit im Handeln, begrenzt von der Abhängigkeit des kräftemäßig überlegenen Tieres.

Die Wohlfühlatmosphäre im Sattel auf ihrem Jo kann sie sich nicht kaufen.. Es ist ihre Leistung, das Vertrauen des Fluchttieres zu gewinnen, um in Harmonie durch den Wald zu gleiten.

Ein Höchstmaß an Empathie ist erforderlich, sich dem hochsensiblen Tier anzunähern, ein gegenseitiges Vertrauensverhältnis zur Selbstverständlichkeit werden zu lassen. Ein Zustand, der sich nicht leicht beschreiben lässt, den sich die meisten Menschen nicht vorstellen können. Der doch etwas so Wertvolles, ja Wunderbares ist, seinen Besitzer wirklich glücklich macht und seinen Sinn in sich selbst trägt.

Es bleibt kein Prestige, kein Ansehen und kein Nutzen für die Außenwelt. Es ist eine Zeit für klare Gedanken, für das Reflektieren ihrer Ziele und Handlungen, für das gradlinige positive Lebensgefühl. Das Bewusstsein, mit dem Leben im Einklang zu sein, es gibt für sie nichts Wichtigeres, als diese Momente.

Zurück auf den Hof fragen ihre Kunden oft verunsichert: „Reitest du gerne alleine aus?" „Am liebsten alleine!" antwortet Isabel, ohne vermitteln zu wollen, was es für sie wirklich bedeutet.

Isabel weiß, das Glück liegt nur in einem selbst, darum kann ihr kaum jemand etwas anhaben, der ihr Böses will. Die Beweggründe von Neider sind oft niedriger Natur und lassen sich leicht hinterfragen und erkennen. Die Umstände relativieren sich durch die innere Zufriedenheit wie von einem Aussichtsturm aus. Ein schöner Ausritt bringt Isabel in höhere Sphären, hebt sie über Alltagsprobleme hinweg und zaubert ihr ein Lächeln ins Gesicht.

Vielleicht ist es ihre eigene Souveränität, die sie glücklich macht.

Isabel lebt nicht von Erwartungen in die Zukunft. Unbewusst sitzt sie ganz fest im Sattel ihres Lebens.

Diese elegante Position hat sie sich schwer erkämpft, indem sie sich aus der destabilisierenden Situation in ihrer Ehe befreit hat. Ihr klarer Blick für das Wesentliche hat Isabel dazu befähigt, diesen Schritt zu gehen und er hat sich als richtig erwiesen. Für sie ist es unendlich wichtig, eine beständige, klare Basis unter den Füßen zu haben.

Ein Balanceakt auf einem Hochseil in einer belastenden Ehe kostet alle Aufmerksamkeit und alle Kraft, die sie nun für ihre Entwicklung einsetzen kann. Sie sieht ihr Leben als Chance, denn mit immer mehr Lebenserfahrung wächst ihre Souveränität auf dem Weg zum eigenen Selbst.

Auch wenn der Weg irgendwann in ein sicheres Ende mündet, ist er für Isabel beglückend. Was soll sie sich um ein Ende kümmern, wenn es weit entfernt ist, oder jederzeit eintreten kann? Das Unwägbare stört ihr Wohlbefinden im Jetzt in keiner Weise.

Isabel wird oft bei Miriam eingeladen. Die legendären Partys brauchen Publikum, jeder geht gerne hin, denn es wird an nichts gespart. Wer hier eingeladen wird, bildet sich zumindest ein, auch dazuzugehören. Die Buffets sind vom Feinsten, vor allem die Vorspeisen, nach denen das Barbecue folgt und dann werden die Eisbomben und Torten zum Kaffee gereicht.

Es wird durchaus Wert auf abendliche Kleidung gelegt, wobei Tom natürlich in Cowboystiefeln und Chaps über den Jeans erscheint, als Attraktion an Miriams Seite. Bei der Ankunft trägt er seinen Cowboyhut, die Sporen lässt er im Stall, obwohl sie bei jedem Schritt so schön klimpern würden.

Eigentlich kann aber jeder tragen was er will, Miriam präsentiert sich gerne chic, als glückliche Frau des Hauses.

Das Benehmen des Gatten lässt zuweilen zu wünschen übrig. Beim letzten Sommerfest am Pool stieß er seine Frau rein zufällig ins Wasser, aus Ungeschicklichkeit natürlich. Ein unbedachter Rempler und schon war es passiert.

Zum Glück ist Miriam eine exzellente Schwimmerin und machte sogar mit Abendkleid eine gute Figur im Pool. Natürlich sprang Tom sofort nach, um sie zu retten, was zwar nicht notwendig war, doch die beschützende Geste kam super an. Alle klatschten, als die zwei noch eine Runde schwammen und erfrischt aus dem Becken stiegen. Der Kracher des Abends.

Herr Vogel, Mirams Mann, gab sich amüsiert mit einem Glas Sekt in der Hand. Miriam verstand es, die Situation zu nutzen und tauchte nach zwanzig Minuten in neuer Robe, frisch gestylt und geföhnt neben ihrem Mann auf. Alle klatschten wieder und der Gatte präsentierte seine wunderbare Frau.

Tom bekam eine Badehose von Herrn Vogel und verbrachte den Abend ohne weitere Kleidung mit Präsentation seines athletischen Körpers als echter Hingucker.

Ganz unauffällig entfernte sich der Hausherr, Herr Vogel, mit seiner Lieblingssekretärin und erschien nach einem Stündchen wieder, wohl gelaunt und gönnerhaft mit Animation zu Champagner- und Grappa-Gelagen.

Friedhof Pérre Lachaise, Paris

Das ist es, das Leben! Wer dazu gehört, ist begeistert und erzählt jahrelang davon, wie unglaublich es gewesen sei, was man dort erleben durfte. Nur wer dabei war, kann sich wissend geben.

In diesen Kreisen geht es einfach rauer zu, das scheint normal. Wenn man es zu etwas gebracht und alles im Überfluss hat, sind gepflegte Ausrutscher das Tüpfelchen der Perversion.

„Die haben sich arrangiert", sagt man so schön. Und meint damit, es ist alles egal, jeder ist bedacht, gut herauszukommen.

Miriam ist eingebunden in ein sozusagen Gesamtkunstwerk. Die Zutaten sind nicht Pinsel und Farbe. Nein sie kreiert ein Bühnenbild aus Glücksfassade, Reichtum und Genuss, samt integriertem Publikum. Alles wird zusammen komponiert für die ganz bestimmte Aufführung. Die Proben interessieren nicht und auch nicht der Alltag der Spieler, nein, es wird immer auf öffentlichkeitswirksame Auftritte hingearbeitet.

Der Abschluss der Party endet mit einem totalen Besäufnis der Hauptakteure. Die letzen Gäste tragen Sorge, dass niemand mehr in den Pool fällt und die Gastgeber sicher im Haus „verwahrt" sind. So war es immer, so wird es immer sein. Es fällt ein schwerer Vorhang, der die Welten wieder trennt, die Wirklichkeit und die Illusion.

Isabel lässt das Erlebte Revue passieren, nach ihren neuesten Erkenntnissen über Miriam kommt sie zu dem Schluss: „Ist eigentlich klar, wie kann es anders sein, Miriam spielt eine Lebensrolle, der sie gerecht werden will." Markus pflichtet bei, sie sitzen im Wintergarten, holen sich einen Kaffee und nutzen die Gelegenheit für einen Ratsch.

Zur nächsten Party ist Markus auch eingeladen, Miriam braucht offensichtlich ein neues Opfer, oder besser gesagt, ein neues Spielzeug.

„Wie läuft das mit ihrer Ehe?" will Markus wissen. „Da fragst du sie am besten selbst, sie will am späten Nachmittag kommen", schlägt Isabel vor.

„Wenn wir bei der Stallarbeit zusammenhelfen, haben wir Zeit für einen Ausritt zu den Felsnasen", meint Isabel. „Du hast recht", bestätigt Markus, „wir wollten nachschauen, warum hier Pferde scheuen, vielleicht stimmt was nicht." „So machen wir es, bevor Miriam wieder ins Gelände geht", bestätigt Isabel schmunzelnd.

Sie verrichten ihre Arbeit, bringen die Pferde auf die Weide, misten aus, verteilen das Heu für den Abend in den Boxen und satteln ihre Pferde.

Heute will es nicht warm werden, die Wolken hängen tief bis in die Baumspitzen, der Nebel fühlt sich wie leichter Regen an. Eine ganz besondere Szene, für den Naturliebhaber ein schönes Erlebnis. Normalerweise macht man sich an solchen Tagen nicht auf den Weg, sondern wartet schöneres Wetter ab. Darum ist es so besonders und selten, in dieser Stimmung durch den Wald zu reiten. Markus und Isabel stellen fest, man sollte das öfter genießen. Überall tropft es von den Blättern und Zweigen, der Weg ist noch rutschig, darum gehen sie im Schritt nebeneinander bis zum kleinen Fußweg, der zu den Felsnasen führt. Die Strecke steigt steil an, der Weg wird immer schmäler, scheinbar benutzen ihn nur Wildtiere, oder im Herbst Schwammerlsucher. Nur wer ortskundig ist, verirrt sich hierher.

Langsam steigen die Pferde den Pfad hinauf, hintereinander im gleichmäßigen Schritt, bis Markus seinen Moritz stoppt und sich zu Isabel umdreht. Auch sie hält inne, es liegt ein verdächtiger Geruch in der Luft. Sie sehen sich besorgt an, auch die Pferde wirken unruhig.

„Da muss irgendwo ein verendetes Tier liegen", stellt Markus fest.

Beklommen reiten sie weiter, der Geruch wird immer deutlicher und wächst sich zum Gestank aus. Die Pferde fangen an zu tänzeln, Markus und Isabel steigen ab. Jeder führt sein Pferd, während sie sich der Höhle in den Felsnasen nähern.

Als sie die Fliegen surren hören, die zuhauf um den Eingang schwirren, wird es zur Gewissheit, da ist etwas am Verwesen.

Markus gibt Isabel die Zügel von Moritz und geht alleine weiter, um Einblick in die Höhle zu gewinnen. Nach wenigen Schritten bleibt er stehen und gibt Zeichen zum Rückzug.

„Es liegt eine Person drinnen, eine Leiche, die schon stark am Zersetzen ist", erklärt Markus: „Gehen wir aus dem Gestank und rufen die Polizei."

Sie führen ihre Pferde den Weg zurück, bis der Aufenthalt erträglicher wird. Markus nimmt sein Handy und wählt den Notruf.

„Bleiben Sie in der Nähe, bis die Beamten bei Ihnen sind", beruhigt eine Stimme.

Die beiden steigen bis zum Hauptweg hinab und führen ihre Pferde hinter sich her. Wortlos wird ihnen klar, es handelt sich um die vermisste Waltraud. Sie kannte die Höhle, man hat sie in der Nähe des Waldrandes gesehen und sie wird vermisst.

Kaum haben sie den schmalen Trampelpfad verlassen, kommt schon ein Polizeiauto auf sie zu. Es sind die Beamten, die bereites nach Waltraud gesucht haben und schon bei Isabel vorstellig geworden sind.

Mit ernstem Blick steigen sie aus dem Wagen und sprechen beruhigend auf Isabel ein. „Es könnte sich durchaus um die vermisste Frau Münchinger handeln. Sie ist immer noch nicht aufgetaucht."

Isabel nickt traurig, sie ist schockiert und kreidebleich. Alle Hoffnung, es könnte sich um eine andere Person handeln, schwindet. Sie geht mit den Pferden zur Seite, um den Weg freizumachen und hört den Schilderungen von Markus zu. Die Beamten wollen wissen, was er gesehen hat. „Ich bin nur in die Nähe der Höhle gegangen und sah Umrisse einer Gestalt am Boden liegen. Da sich an den Beinen Seidenstrümpfe und Pumps an den Füßen befanden, habe ich angenommen, dass es sich um eine weibliche Person handelt. Der Geruch und die Fliegen waren genug Indiz, um von einer Leiche auszugehen. Darum bin ich nicht näher gegangen und habe die Polizei gerufen."

Immer mehr Autos versammeln sich auf dem Waldweg, Beamte steigen aus, einige ziehen weiße Schutzanzüge über und steigen den Hang hinauf. Durchsagen im Funkverkehr der Dienstwagen durchbrechen die friedliche Waldruhe. Eine Meldung berichtet von einem Wagen auf einem Pendlerparkplatz an der nahen Autobahn. Er wird der Vermissten zugeordnet und schafft weitere Klarheit.

Die Buschtrommeln arbeiten reibungslos und schon kommen Bauern aus der Nachbarschaft mit ihren Traktoren angefahren. Der erste ist überrascht, was denn hier los sei, der nächste gibt ganz offen zu, wissen zu wollen, was passiert ist. Sobald sie über den Leichenfund informiert sind, ziehen sie eilig ab, oder geben die Nachricht per Handy weiter. Vermutlich ist bereits der ganze Landkreis informiert.

Isabel kämpft mit Entsetzen und Trauer, die Untersuchungen werden stundenlang dauern. Darum sitzen sie auf und reiten auf den Hof zurück. Die Pferde gehen im Schritt nebeneinander, wie bei einem Trauerzug. Isabel und Markus beraten, was sie hätten machen können, um Waltraud zu retten. Markus beruhigt: „Hinterher ist man immer klüger." Isabel hat sich vorbildlich verhalten, sie hat der Freundin Quartier gegeben, ein offenes Ohr gehabt und Hilfe angeboten. Diese Wendung war nicht vorhersehbar. Es bleibt somit nur das Wundenlecken. Sie satteln ab und entlassen ihre Pferde auf die Weide zu den Kameraden. Mit Freudensprüngen galoppieren sie davon. Die beiden ziehen sich in den Wintergarten zum obligatorischen Kaffee zurück.

Beim Klassentreffen werden sie nun um eine Kameradin weniger sein, bedauert Isabel, obwohl sie noch nicht sicher sein kann, wer da verwesend im Wald liegt.

Isabel und Markus haben das dringende Gefühl, duschen zu müssen. Der Geruch der Leiche ist in ihrem Gedächtnis und vielleicht auch in ihren Kleidern und Haaren. Das Gefühl, den Gestank loswerden zu müssen, treibt beide um. Markus fährt kurz heim und Isabel zieht sich in ihr Badezimmer zurück und duscht lange.

In der Zwischenzeit fährt Miriam Vogel auf den Hof und wundert sich, dass sie ganz alleine ist. Für gewöhnlich trifft sie jemanden an, der ihren Charro von der Weide holt, damit sie ihn sorgfältig putzen kann, bis alle Pferde wieder in ihren Boxen sind.

Die Einsamkeit im leeren Stall verunsichert Miriam, darum setzt sie sich erst einmal in den Wintergarten und schenkt sich Kaffee ein. Dieser ist frisch und warm, das beruhigt sie, denn Markus oder Isabel können nicht weit sein. Doch ein ungutes Gefühl bleibt in der Luft, irgendetwas hat sich ereignet.

Ein Auto fährt in den Hof, es sind Beamte der Kripo in Zivil. Sie sehen Miriam im Wintergaren und treten ein, um sich vorzustellen. Sie möchten zu Isabel Weber und mit niemand anderem über ihr Anliegen sprechen. Miriam muss ihre Neugierde zügeln und bietet Kaffee an. Kaum sitzen die Herrn mit ihrer Tasse in der Hand im Sessel, betritt Isabel den Raum. Höflich verlässt Miriam die Runde, mit der Begründung, nach ihrem Pferd sehen zu wollen. Markus kommt auch zurück und stellt seinen Wagen neben die anderen Fahrzeuge. Er ahnt, dass es Neuigkeiten gibt, kümmert sich aber zuerst um Miriam und geht mit ihr auf die Weide, um Charro zu holen.

Die Beamten stellen sich vor und haben Fragen zur verschollenen Waltraud. Sie wollen alles noch einmal genau wissen, wie der Kontakt zwischen Isabel und ihrer Schulfreundin verlaufen sei.

Isabel schildert ihre Begegnung und alles, was sie in der Zwischenzeit über Waltraud erfahren hat, ihre schauerlichen Episoden aus der Vergangenheit in Hamburg, München und Salzburg.

Die Beamten staunen nicht schlecht, können es nicht glauben, was alles möglich ist und machen sich Notizen. Als die Schilderungen ein zu großes Ausmaß annehmen, zieht Herr Aigner die Notbremse und schaltet sein Diktiergerät ein. Dankbar über die ausführlichen Erzählungen über Frau Münchingers Leben, berichten die Polizisten von den Ergebnissen ihrer Untersuchungen im Wald.

Die Höhle sieht aus wie ein Camp, mit Vorräten, Wasserflaschen, Decken und Feuerholz. Die Tote ist eine Frau, alle ihre persönlichen Sachen sind unangetastet, ihr Handy, ihre Papiere, ihr Geld, alles lag sauber verwahrt in der Handtasche neben der Leiche. Isabel und Markus entdeckten wohl als erste den Ort des Geschehens.

Die Tote ist somit sicher als Frau Waltraud Münchinger identifiziert. Ein Hinweis auf Fremdverschulden kann nicht festgestellt werden. Frau Münchinger ist in der Pathologie, dort wird man die Todesursache feststellen. Soweit der Stand der Ermittlungen. Die Herren bedanken sich für die Bewirtung und die Aussage von Isabel, wollen aber vor der Verabschiedung noch eine Auskunft über die Dame haben, die ihnen den Kaffee angeboten hat.

„Meinen Sie Miriam Vogel?" fragt Isabel verwundert. „Sie hat bei mir ein Pferd eingestellt und kommt alle paar Tage vorbei."

Herr Aigner meint: „Ich will nicht indiskret sein, aber die weiten Pupillen der Frau sind mir aufgefallen. Gibt es über sie auch seltsame Geschichten?"

Isabel verharrt verwundert und hält sich die Hand vor den Mund. „Das ist mir jetzt aber neu, ich habe das noch nie bemerkt. Glauben Sie, Miriam steht unter Drogen?"

„Keine Sorge, wir sind nicht von der Drogenfahndung, passen Sie nur auf, dass nicht noch mehr passiert mit ihren Freundinnen!" Die Herren schmunzeln, winken Isabel noch zu, während sie ins Auto steigen.

Isabel muss auch lächeln, sie findet Miriam am Putzplatz mit ihrem Charro. Ohne aufdringlich zu wirken, mustert sie Miriams Pupillen und vergleicht sie mit den Pupillen von Markus, der neben ihr steht und siehe da, Markus hat viel kleinere.

Isabel wendet sich amüsiert ab, denn es passt jetzt gar nicht zu der traurigen Geschichte, die Markus gerade erzählt, um Miriam in die Geschehnisse des Nachmittags einzuweihen. Beide bemerken die Reaktion von Isabel, „Was ist los?" fragen die zwei erstaunt und Isabel antwortet: „Oh

Gott, man fühlt sich fast schon daneben, wenn man normal lebt", dreht sich um und geht weg.

„Das muss man jetzt aber nicht verstehen?" ruft ihr Miriam nach. Es ist auch egal, Isabel muss sich von diesem Tag erholen und zieht sich in ihre Wohnung zurück.

Für Markus ist es selbstverständlich, dass er alle Pferde von der Weide holt und Kraftfutter austeilt, obwohl es normalerweise die Aufgabe von Isabel ist. Sie verstehen sich ohne Worte und ergänzen sich gegenseitig, wie es gerade passt.

In Isabel bleibt eine Leere zurück, die sie erst einmal einordnen will. Was ist ihre Aufgabe in diesem Chaos des Lebens? Im Augenblick fühlt sie sich wie ein Sicherungsanker für hilfesuchende Menschen um sie herum. Ist sie eine Grundstruktur, eine Basis für Halt und Verständnis ihrer Umgebung? Was ist ihre Rolle in diesem Spiel, ist sie nur eine Projektionsfläche der Scheinwelten ihrer Mitmenschen? Ist der Pferdehof ein Ort der Erdung zum Abschalten und Eintauchen in die heile Welt? Ist es ihr Job, anderen ein neutrales Umfeld zu bieten, in dem sie Erholung finden und ihre Akkus aufladen können?

Isabel ist verwirrt, fühlt sich als Statist und bekommt Zweifel an ihrem Leben. Sie hält alles am Laufen in ihrer Umgebung und steht vielleicht doch nur als Zuschauer am Rand des Geschehens.

Sie macht sich einen Tee und schaut sich einen Krimi an, nachdem sie die Hunde gefüttert, einige Telefonate erledigt und alle Lichter im Stall und Hof ausgeschaltet hat. Sie funktioniert einfach immer, bekommt aber Angst, dass es ihr doch zu viel wird.

Isabel führt ihre Stimmungslage auf die schrecklichen Ereignisse des Tages zurück und nickt in ihrem Fernsehsessel ein.

Schließlich findet sie doch den Weg in ihr gemütliches Bett und schläft sich aus. Der nächste Tag beginnt mit einem herrlichen Sonnenaufgang, Isabel schlendert wie immer im Morgenmantel durch die Stallgassen bis zu den Weiden, auf denen der Tau glänzt. Junge Füchse tollen herum, sie sind weit genug entfernt und nehmen sie nicht wahr.

Jetzt ist sie sich wieder sicher, das ist das Glück, das überall herumliegt, wenn man es nur sehen will. Sie nimmt eine Dusche, braut sich ihren Morgenkaffee und genießt ihn mit dem Blick in das Morgenlicht.

Innerlich voller Freude teilt sie die morgendliche Kraftfutterration aus, während Markus auf den Hof fährt.

Er ist heute früh dran, er macht sich Sorgen um Isabel, weil sie gestern so abrupt verschwunden ist.

„Bist du o.k. nach diesem schrecklichen Tag?" fragt Markus besorgt. Isabel lacht ihm entgegen und kann seine Bedenken zerstreuen.

„Ich bin wieder drüber hinweg, das Unglück mit Waltraud ist schrecklich, aber ich kann wirklich nichts dafür und mache mir keine Vorwürfe", erklärt Isabel. „Ich war gestern noch geschockt wegen Miriam, sie hatte so große Pupillen, dass mich die Polizei darauf angesprochen hat".

Jetzt muss auch Markus schmunzeln: "Ja, da ist was dran", meint er. „Miriam ist oft sehr entspannt, das erklärt auch ihren lockeren Umgang mit Charro. Er kann sich nicht richtig an ihr orientieren und macht was er will. Miriam ist dennoch euphorisch und fröhlich."

„Bleibt uns denn nichts erspart, das kann doch gefährlich werden", erwidert Isabel und schüttelt den Kopf. „Bekiffte Reiter, das fehlt mir gerade noch!"

„Reg dich ab", meint Markus. „Es ist ja noch nichts Auffälliges passiert." Sie gehen zum Alltag über, es wird noch lange dauern, bis das schreckliche Erlebnis gestern im Wald seine Präsenz verliert. Isabel wird in nächster Zeit ganz andere Wege wählen, wenn sie wieder Lust auf einen Ausritt bekommen sollte.

Der Tag verläuft entspannt, es ist ein Donnerstag und nicht mit Miriams Auftritt zu rechnen. Wie Markus recherchiert hat, ist an diesem Tag der Swingerclub dran. Es treffen Nachbarn ein, um Neues zu erfahren, man setzt sich im Wintergarten zusammen. Es tut Isabel gut, über die Ereignisse zu sprechen.

Zum allgemeinen Erstaunen erscheint Miriams Mann Norbert Vogel und setzt sich dazu. Er gibt sich betont lässig und verlangt nach einem Jacky. Markus und Isabel werfen sich fragende Blicke zu, sucht er vielleicht seine Ehefrau?

Doch von einer Suche kann keine Rede sein. Herr Vogel möchte sich unterhalten und lässt seinen neureichen Charme spielen. Den Drink kippt er schnell weg und begehrt einen weiteren. Amüsiert schenkt Isabel kaltes Coca Cola ein und kippt einen guten Schuss Jack Daniels dazu. „Wirklich lecker das Zeug", bemerkt Norbert, er ist inzwischen per du. Er findet die Atmosphäre so anregend, er möchte jetzt auch dazugehören und reiten lernen. Isabel empfiehlt einen Reitkurs mit Tom, den er ja schon bei sich zuhause kennen gelernt hat. Ein Pferd hat Norbert auch von seiner Frau, es könnte losgehen, sobald es bei Tom passt.

„Ach nein, gib du mir doch Unterricht, Frauen sind einfühlsamer, dabei lerne ich leichter", schleimt sich Norbert bei Isabel ein.

Alle im Wintergarten hören zu und halten inne. Man wirft sich Blicke zu. Macht sich da ein Herr Vogel an Isabel ran? Aber Isabel bleibt diplomatisch und erklärt eindringlich, warum Tom viel besser geeignet ist. Er kennt Charro genau und kann seine Unarten, die er bei Miriam entwickelt hat, perfekt ausgleichen und abfangen.

„Nicht dass du mir herunter fällst und dir weh tust", schäkert Isabel.

Norbert lenkt ab und flirtet weiter, es geht ihm schließlich nicht ums Reiten.

Markus ergreift die Initiative, klopft Norbert auf die Schulter und fordert ihn auf, sein Pferd zu besuchen. Widerwillig geht er mit, scheint sich aber nicht wirklich für Charro zu interessieren und kommt bald wieder zurück. Markus zuckt mit den Schultern, das war wohl nichts. Norbert will unbedingt eine Reitstunde von Isabel, oder am liebsten gleich einen Ausritt. Sie wiegelt ab und vertröstet ihn auf Samstag, sie will seine Reitkenntnisse testen und seine Begabung einschätzen.

Norbert verabschiedet sich lässig mit einem: „Man sieht sich!"

Die Zurückgebliebenen schauen sich verwundert an. Conny fragt: „Ist das nicht der Mann von Miriam, der mit den abgefahrenen Partys?"

„Genau", bestätigt Isabel. „Vielleicht will er seine Aktivitäten jetzt auf den Pferdehof ausweiten."

„Wir sollten den irgendwie einbremsen", schlägt Markus vor. „Darüber müssen wir nachdenken", bestätigt Isabel. „Norbert will am Samstag um elf Uhr zum Reitunterricht kommen, ich werde Tom engagieren, der zeigt ihm wo der Hammer hängt."

Problem gelöst, man genießt den Abend in der gemütlichen Runde, harmonisch, wie es Isabel liebt.

Am Freitag kommt Miriam in alter Frische auf den Hof gefahren und gleich nach ihr Tom, allzeit bereit. Er holt ihren Charro, während Miriam Smalltalk mit Markus zelebriert. Sie scheint ziemlich klar mit normalen Pupillen, vermutlich möchte sie sich beim Unterricht keine Blöße geben. Vom Auftritt ihres Mannes gestern scheint sie nichts zu wissen. Erst als Isabel fragt, ob Tom morgen eine Stunde Zeit hat, um Norbert Vogel

Unterricht zu geben, dreht sie sich um, geht zu ihrem Wagen, holt sich eine Zigarette, die ausschaut wie ein Joint und raucht.

Entsprechend locker kommt sie zurück, Charro ist gesattelt, man geht in Richtung Reitplatz.

Isabel schaut gelegentlich zu ihnen und stellt fest, Miriam reitet kaum, Tom steht bei ihr neben dem Pferd. Bald setzen sie sich an den Rand auf die Stangen, die den Platz einfrieden, es scheint, als würde Miriam weinen, Charro grast am Rand in Ruhe vor sich hin.

„Da hat`s was, bei den Vogels", bemerkt Isabel zu Markus.

Man geht nicht näher darauf ein, Privatsache. Wenn Miriam darüber reden möchte, wird man sich damit befassen.

Aber weit gefehlt, Miriam kommt samt Charro und Tom vom Reitplatz zurück und gibt die euphorische Powerfrau. Sie nestelt noch einige Zeit an Charro herum und verlässt mit Tom, jeder in seinem Wagen, aber zeitgleich den Hof.

„Wie das wohl weitergeht?" gibt Markus zwinkernd zum Besten. „Mein Gott, wie ist es bei uns langweilig", denkt Isabel.

Am Samstag kommt Norbert angefahren, Tom ist schon bereit und sitzt mit einem Jacky im Wintergarten und das am Vormittag. Norbert schließt sich sofort an und Isabel denkt darüber nach, eine Getränkekasse aufzustellen. Die Herren begnügen sich mit einem Glas und machen sich auf den Weg zum Sattelplatz.

Charro muss in seiner Box warten und darf nicht mit den anderen auf die Weide. Ein Umstand, der bei ihm schon einmal für Anspannung sorgt.

Norbert verlangt permanent nach Isabel, doch Tom vertröstet ihn mit Ausreden und kassiert vorsichtshalber seinen Lohn im Voraus. Fünfundzwanzig Euro für die Stunde ist angemessen, meint er.

Norbert bezahlt ohne Murren und ist erfreut, als Isabel dazukommt und wie versprochen seine Reitkünste begutachten will. Jetzt ist Norbert in seinem Element, er will sofort aufsteigen und die Strecke zum Reitplatz alleine reiten. Gerne wird es ihm gewährt, es ist ja sozusagen sein Pferd und auch sein Wille. Zuerst geht Charro brav zwischen Tom und Isabel, dann bevorzugt Norbert eine schnellere Gangart und treibt ihn an. Charro wählt den Galopp, stoppt beim Reitplatz, Norbert fällt herunter und Charro macht sich auf den Weg zur Weide.

Norbert steht verdutzt auf und ist ärgerlich: „Ich dachte, das Pferd ist eingeritten?"

Tom bleibt ernst und erklärt: „Ein Auto ist auch eingefahren, aber fahren muss man doch noch selber." Er macht sich auf den Weg, das Pferd zurückzuholen, er wird ja dafür bezahlt.

Norbert will nicht aufgeben, macht Isabel einige Komplimente, wartet bis Charro auf dem Platz steht, das Tor geschlossen ist und steigt wieder auf. Jetzt ist er sehr interessiert an den Anweisungen von Tom, macht aber eine klägliche Figur auf dem Pferd.

Isabel unterstützt: „Gerade sitzen, Füße lang, Hände locker!" Und schon bessert sich das Bild etwas. Nach einer halben Stunde im Schritt ist Norbert erschöpft und beendet die Reitstunde. Nun setzt die Erziehungsphase des Reitschülers ein, die an jeden Unterricht geknüpft werden muss. Das Pferd wird an den Sattelplatz geführt, man nimmt das Kopfteil ab, lässt das Mundstück aus dem Maul gleiten und zieht das Stallhalfter an. Es wird mit dem Führstrick angebunden und abgesattelt, der Sattel muss sauber an der dafür vorbestimmten Stelle aufgehängt werden. Das Gebiss wird abgewaschen und auch an den richtigen Platz gehängt, die Hufe werden ausgekratzt, das Pferd auf die Weide entlassen und der Sattelplatz sauber gekehrt. Fertig!

Norbert verlangt nach einem Jacky, doch niemand will sich zu ihm gesellen, darum läuft er Isabel nach, die Heu austeilt und sich kurz fassen will. Er bucht gleich die nächste Stunde.

Norbert gibt sich siegessicher, Niederlagen ist er nicht gewohnt, er akzeptiert die Bedingungen und reitet und reitet, bis er die Knöpfchen findet, die er drücken muss, um Charro erfolgreich zu führen. Schließlich ist das Pferd willig und brav, man braucht nur den Führerschein machen. Das muss man Norbert lassen, er kann abschätzen, was zu schaffen ist, das zieht er dann durch.

Damit sichert er sich die Achtung von Isabel. Sie muss ihm zugestehen, Schwierigkeiten problemlos überwinden zu können. Sein Erfolg und sein Geld legen dafür Zeugnis ab. Norberts Interesse, Isabel beeindrucken zu wollen, ist ungebrochen. Sie zollt ihm Respekt, weiß aber, der meint nicht sie, er führt etwas im Schilde.

Ihre Menschenkenntnis bewahrt sie vor schlimmen Fehlern, sie hält Norbert auf Distanz, gibt sich aber wohlgesonnen. Isabel ist mit den

Vorbereitungen für das Klassentreffen beschäftigt, führt viele Telefonate, besucht Lokale, in denen sie sich mit Freundinnen zum Testen trifft. Aus der Zeitung erfährt sie, dass die Tote aus der Hirschenstube im Wald an Herzversagen gestorben ist. Ein Fremdverschulden kann sicher ausgeschlossen werden. Die Hintergründe über Waltrauds Lebensumstände werden nicht erwähnt.

Die Polizisten Moser und Wenig statten ihr auch noch einen Besuch ab, es scheint ihnen zu gefallen im Wintergarten auf dem Pferdehof. Von ihnen erfährt Isabel noch einiges über ihre Freundin, dass sie vermutlich nur einmal in der Höhle lebend übernachtet habe und dann verstorben sei. Waltraud habe sich ein Lager eingerichtet, um dort einige Zeit zu verbringen. Sie muss große Mengen gegessen und Alkohol getrunken haben, diese Belastung, die nächtliche Kälte und der schlechte Gesundheitszustand führten zu einem Herzversagen. Das ist eine durchaus übliche Todesursache bei Magersüchtigen. Frau Münchinger hat nicht mehr aus ihrer misslichen Lage herausgefunden.

Die Beamten nehmen gerne Kaffee und bleiben ein Weilchen sitzen und genießen die Atmosphäre. Sie verabschieden sich freundlich, mit der Hoffnung, nur noch zu erfreulichen Besuchen wiederzukommen. Isabel bedankt sich, sie wird das schlimme Ereignis irgendwann verarbeiten und abschütteln.

Norbert Vogel hat sich auf dem Hof etabliert, sein Erscheinen wird zur Selbstverständlichkeit. Er reitet Charro schon alleine im eingezäunten Reitplatz und hat es geschafft, dass Isabel mit ihm Ausritte macht.

Neben Jo geht Charro entspannt und sicher. Die Ausritte sind immer kurz, in ruhiger Gangart nebeneinander. Überschaubare Strecken im Trab, oder noch kürzere im Galopp. Norbert muss mit Charro unbedingt hinter Isabel und Jo bleiben, dann wird der Ausritt zum entspannten Erfolg.

Seine Frau Miriam erscheint immer noch mit oder ohne Tom alleine. Sie gesellt sich gerne zu den anderen Reitern im Wintergarten und berichtet von ihren Aufgaben als repräsentative Ehefrau. Es stehen Einladungen bei Geschäftsfreunden an, für die sie sich Ratschläge holt. Was trägt man, um beachtet zu werden? Die Damen raten zu hypermodernen Turnschuhen, die zu eleganter Abendkleidung getragen werden.„Tatsächlich,

Oberer Katholischer Friedhof, Regensburg

das gibt`s!" bestätigt Conny und recherchiert im Internet, was mit ihrem Smartphon überall möglich ist.

Ihr Mann Norbert interessiert sich mehr für Ausreitruten, besonders zum nahen Steinbruch. Dort ist eine Abbruchkante nahe am Weg, Isabel warnt ihn vorm Vorbeireiten. Sollte ein Pferd scheuen und der Kante zu nahe kommen, könnte das Erdreich abrutschen. Der Weg müsste eigentlich gesperrt werden, meint sie und hält immer genügend Abstand.

Das Verhalten von Norbert passt nicht in das Schema, das sie von ihm hat, sie bleibt freundlich, beobachtet ihn aber kritisch.

So nimmt sie beunruhigt zur Kenntnis, dass Norbert plötzlich mit Miriam reiten will.

Er fragt schüchtern an, ob er sich Jo ausleihen dürfte für den nächsten Ritt mit seiner Frau ins Gelände. Isabel ist unangenehm überrascht, will sich aber nicht einfach querstellen und ablehnen.

Sie findet einen Kompromiss, indem sie Markus bittet, die zwei zu begleiten auf seinem Moritz. Markus willigt erfreut ein, denn in seiner Abwesenheit macht Isabel die Stallarbeit weiter. Sie hat diese Möglichkeit vorgeschlagen und alle sind begeistert, nur sie hat wieder die Arschkarte gezogen. Das ist wohl ihr Schicksal, denkt sie sich, ist aber froh, eine Lösung gefunden zu haben.

Eigentlich hätte sie ablehnen sollen, es gefällt ihr nicht, wie Norbert sich hier in die Gemeinschaft drängt. Sie überwindet ihre Bedenken, schließlich hat sie einen Pferdehof, sie kann sich ihre Kunden nicht aussuchen. Norbert bezahlt fünfzig Euro für das Ausleihen von Jo, das ist der Deal, schreckt ihn aber nicht ab. Normalerweise verleiht Isabel ihren Jo kostenlos an Personen ihres Vertrauens.

Ihre Aufmerksamkeit ist beim Klassentreffen am nächsten Tag.

An diesem Morgen strahlt die Sonne, Isabel hat sich freigenommen und sozusagen Urlaub, Markus übernimmt komplett.

Das Treffen beginnt mit einem Brunch in einem kleinen Cafe neben der ehemaligen Schule. Sie ist doch etwas aufgeregt, die Schulkameradinnen haben sich lange nicht mehr gesehen. Als Organisatorin ist sie bei den Ersten, die sich einfinden und in froher Erwartung den Eingang beobachten. Die alten Seilschaften trudeln nach und nach ein. Einzeln oder in Grüppchen kommt eine stattliche Anzahl der ehemaligen Abschlussklasse zusammen. Es war eine reine Mädchenschule, Buben wurden zu keiner Zeit vermisst. Eventuell ist es die Erklärung für den engen Zusammenhalt der Gemeinschaft.

Bei den ersten Ankömmlingen ist Agnes Peindl, sie wird von Winfried vorgefahren. Sie präsentiert die bevorzugte Behandlung durch ihren Ehemann als Privileg. So soll es sein, denkt sich Isabel, in der Klassengemeinschaft haben die Neigungen von Agnes noch nicht die Runde gemacht. Wer davon weiß, behält es hier für sich. Nur das Gerücht vom Doppelleben ihres Winfried ist herumgegangen. Darum legt Agnes auch großen Wert auf die Präsentation des harmonischen Ehelebens. Agnes spielt an diesem Tag ohnehin keine besondere Rolle, das Thema ist natürlich Waltraud und ihr tragisches Ende.

Für ein würdiges Angedenken wird an Stelle des Sektempfangs eine Trauerminute eingeschoben, ein Bild aufgestellt und Erinnerungen aufgefrischt.

Einige haben Zeitungsartikel dabei, sauber ausgeschnitten mit den skurrilsten Berichten über die Tote im Wald. Bestürzung macht sich breit, als die Frauen über den Artikeln die Köpfe zusammenstecken und lesen. Isabel wartet ab, bis alle da sind und erzählt dann die Ereignisse aus ihrer Sicht.

Schließlich plaudern alle wild durcheinander, als Isabel die Vibration ihres Handys in der Tasche spürt. Sie geht ran, schließlich hat sie einen Pferdehof im Hintergrund und ist allzeit erreichbar.

Sie muss vor die Lokaltüre gehen, um etwas zu verstehen. Es ist Markus, er ist aufgeregt und will ihr mitteilen, daß die Vogels mit den Pferden Charro und Jo einfach ausgeritten sind, ohne Bescheid zu sagen. Er hat es gerade bemerkt, weil er die Pferde vermisst hat und der Wagen von Norbert Vogel auf dem Hof steht. Die Sättel sind weg und weit und breit keine Spur von dem Ehepaar.

Isabel ist ärgerlich und überdenkt die Nachricht. Sie hat diesen Norbert schon dauernd in Beobachtung. Warum macht er so eine linke Nummer, gerade wenn Isabel nicht auf dem Hof anwesend ist?

„Pass auf Markus, da ist etwas faul, Norbert hat sich immer für den gefährlichen Weg am Steinbruch interessiert. Nimm dein Auto und fahre dorthin. Von der kleinen Straße aus kann man den Weg an der Abbruchkante sehen. Schau nach, ob du etwas Auffälliges bemerken kannst", bittet Isabel aufgeregt.

Markus kennt sie genau und weiß, es ist ihr ernst. Er verspricht, sofort hinzufahren und sich dann noch mal zu melden.

Zum Heimfahren ist es zu weit, darum mischt sich Isabel wieder unter die Schulfreundinnen und klinkt sich in die Gespräche ein. Bald müssen sie bezahlen und zur Schule über die Straße gehen, es ist eine Führung mit dem amtierenden Schulleiter geplant. Nach dreißig Jahren dürfen sie nochmal in Schülergefühlen schwelgen. Vor der Eingangstüre wird ein Gruppenbild aufgenommen, genauso wie beim Schulabschluss. Jeder soll die gleiche Position einnehmen wie damals.

Das Schulhaus verströmt nostalgische Gefühle, das Treppenhaus im Jugendstil, die großen Klassenräume und die kleinen Kämmerchen, alles ist wie damals. Die anwesenden Schüler staunen über die Begeisterung der Damen, die verzückt angetan sind von ihren früheren Schulräumen. In der Situation der jetzigen Schüler ist das nicht so ohne weiteres nachvollziehbar. Das belustigt wiederum die Damen. Alles hat eben seine zwei Seiten, bemerkt der Schulleiter. Er führt die Gruppe durch den Dachboden zu einer Treppe, über die sie einen Turm mit Aussichtsplattform besteigen können. Dort kann man über die ganze Stadt sehen. Als sie noch Schülerinnen waren, wurde das nie erlaubt, sie wussten damals nichts von der Möglichkeit. Wieder ein Privileg der Älteren. Die Gruppe ist begeistert und flaniert noch weiter durch die Gänge und Stockwerke, jede hat andere Räume in Erinnerung. Das Verkaufskammerl des Hausmeisters mit der Luke zur Ausgabe der Brezen und Nußhörnchen, das Sekretariat und das Zimmer des Direktors werden von allen ehemaligen Schülerinnen wiedererkannt. Es ist ein schöner Bummel durch die Vergangenheit, man verabschiedet sich freundlich vom Schulleiter und macht sich auf den Weg zum Lokal in der Innenstadt. Dort ist ein Tisch dekoriert und von jeder Schülerin ein Portrait aufgehängt, Blumen werden überreicht zum Dank für die Organisation und Reden gehalten.

Isabel ist innerlich unruhig und ärgert sich selbst darüber. Natürlich, es sind die Ungereimtheiten auf dem Hof und sie sucht ihr Handy in der Tasche. Aber niemand hat sich gemeldet, keine Nachricht und kein verpasster Anruf wird angezeigt. Sie wählt die Nummer von Markus, es läutet lange bis er rangeht. Ausser Atem erklärt er kurz: „ Ich rufe später zurück, ich bin beim Steinbruch und warte auf den Krankenwagen." Bevor Isabel nachfragen kann, hat er schon aufgelegt.
Isabel ist entsetzt, sie kennt Markus zu gut und weiß, da ist ein Unglück passiert, so schlimm, dass er keine Zeit findet, um klar zu reden.
Sie überlegt kurz und fasst den Entschluss das Klassentreffen zu verlassen und zum Pferdehof zu fahren. Es ist ja niemand vor Ort um die Stellung zu halten, noch dazu, wenn offensichtlich ein Unglück passiert ist.
Sie verabschiedet sich eilig von den Schulkameradinnen, läuft zu ihrem Auto, das im Parkhaus auf sie wartet und macht sich auf den Weg. Sie fährt konzentriert und relativ langsam. Ein Unglück reicht schon aus, Hauptsache, sie kommt sicher an. Jetzt läutet auch noch das Handy. Zum Glück ist ein Autobahnparkplatz da, sie kann gerade noch in die Einfahrt einbiegen. Wie erwartet ist es Markus, er berichtet, daß alles soweit in Ordnung wäre. Miriam Vogel sei ohnmächtig und mit dem

Krankenwagen auf dem Weg in die Klinik. Ihr Mann begleite sie und er selbst bringe gerade die Pferde zurück zum Stall. Er sei schon darauf gefasst, dass Isabel auch auf dem Heimweg ist und werde ihr alles genau erklären, wenn sie sich auf dem Hof treffen.

Jetzt kann Isabel etwas entspannter weiterfahren, sie kommt als erste an. Das Auto von Norbert Vogel steht auf dem Parkplatz und Markus ist auch schon am Waldrand zu sehen. Er reitet Jo und führt Charro als Handpferd mit sich.

Isabel geht ihm entgegen und übernimmt Charro auf den letzten Metern zum Sattelplatz. Markus ist verärgert, er schimpft über Norbert Vogel und erzählt wie ein Wasserfall.

Markus erreichte die kleine Straße unten am Abgrund. Sobald er den Weg entlang der Abbruchkante einsehen konnte, parkte er sein Auto, denn das Ehepaar Vogel war zu sehen. Sie standen ohne Pferde dort und schienen sich zu unterhalten. Markus dachte erschrocken, die werden doch keinen Selbstsmord planen und stieg den steilen Weg zu ihnen hinauf. Miriam und Norbert haben ihn nicht entdeckt und Markus konnte sie einige Zeit beobachten.

Norbert holte eine Flasche Sekt aus einem Rucksack, den er eigens mitgenommen hatte. Er füllte zwei Gläser voll, die er auch aus dem Rucksack zauberte und prostete seiner Frau zu, die glücklich über seine Romantik am Abgrund stand. Sie leerten die Gläser auf einen Zug und Norbert schenkte nach.

Markus machte sich bemerkbar und ging zu ihnen, um nachzufragen, wie sie die Situation erklären können. Immerhin haben sie ein fremdes Pferd unerlaubt mitgenommen.

Die Pferde waren jeweils an einem Baum angebunden, Norbert wirkte sehr verärgert, aber auch verstört und überrascht. Er überspielte seine Verwunderung mit Empörung: „Hat man denn nirgends seine Ruhe?" brummte er erbost vor sich hin, Miriam wusste nicht wie ihr geschah.

Norbert wurde sehr hektisch, versuchte zu erklären, dass niemand am Hof gewesen sei, den er hätte fragen können und drängte zum Weiterreiten. Die Sektflasche und die Gläser verstaute er in seinem Rucksack. Doch Markus gab sich nicht zufrieden und hakte nach, was denn hier ablaufe, mit einem fremden Pferd und mit Sekt an einer gefährlichen Steinbruchkante. Das müsse man jetzt schon erklären!

Norbert stieß ihn zur Seite, holte die Pferde und drängte zum Aufsitzen. Doch Markus hielt die Zügel fest und wollte eine Erklärung von Miriam. Sie war genauso erstaunt über die Situation, unterhielt sich kurz mit Markus und sackte plötzlich ohnmächtig zusammen.

Jetzt schlüpfte Norbert wieder in seine Rolle und stürzte besorgt zu Miriam, fühlte den Puls und tätschelte sie an den Wangen.

Nun setzte sich Norbert Vogel erst richtig in Szene und schimpfte auf Markus ein. Er hätte seine Frau derart aufgeregt, dass sie einen Kollaps bekommen habe und jetzt hier im Wald liege und er stehe frech daneben und wäre an allem Schuld. Er sollte doch lieber seine Arbeit auf dem Pferdehof machen.

Doch Markus wusste was er zu tun hatte, zückte sein Handy und wählte den Notruf. Er beschrieb den Ort und vereinbarte, dass er die Ohnmächtige den Weg hinunter zur kleinen Straße bringen würde.

Gesagt, getan. Er herrschte Norbert derart ernsthaft an, dass er ihm half, Miriam auf Jo zu setzen und zu halten, damit das Pferd mit ihr den schmalen Weg am Steinbruchrand hinuntergeführt werden konnte. Markus nahm die Zügel und hielt Miriam links und Norbert musste rechts sichern, um Miriam vor einem Heruntergleiten zu bewahren. Unten angekommen warteten sie auf den Krankenwagen, der einige Anläufe brauchte, um den richtigen Weg zu finden. Markus telefonierte noch zweimal, dann kam der Sanka angefahren. Die Sanitäter legten Miriam auf eine Krankenbare und untersuchten sie, konnten allerdings nichts Gravierendes feststellen.

Es war eine außergewöhnliche Situation, eine ohnmächtige Frau, ein Krankenwagen mit Blaulicht im Wald, zwei Sanitäter, die sich über die Frau beugten und daneben ein völlig verunsicherter Norbert und Markus mit einem Pferd an der Hand.

Eigentlich war Markus froh über die Anwesenheit der Sanitäter, er bekam Angst, mitten in einer kriminellen Tatsituation zu sein und vielleicht sogar selbst in Gefahr zu geraten.

Energisch unterstützte er den Wunsch der Helfer, der Ehemann solle seine Frau ins Krankenhaus begleiten. Somit wurde Norbert mitgenommen. Er wollte nicht so recht, aber auch Markus bestand aus Eigennutz darauf, dass Norbert bei seiner Frau bleibt. Der wand sich noch einmal und wollte sich um sein Pferd kümmern, das ja zum Stall gebracht werden müsse. Es half ihm alles nichts, Miriam wurde in den Krankenwagen geschoben und Norbert dazugesetzt.

Mit großer Erleichterung sah Markus den Wagen davonfahren, das Blaulicht war nun ausgeschaltet.

Jetzt stand er alleine da mit Jo, dem Pferd von Isabel, die Ruhe machte sich wieder breit, nur die Vögel zwitscherten und Charro wieherte. Er war oben alleine angebunden zurückgelassen worden, das beunruhigt ein Herdentier sehr. Markus überdachte die Ereignisse fassungslos und erleichtert zugleich. Was hätte hier passieren können? Er fühlte sich wie ein Held, stieg auf Jo und ließ ihn den Weg hinaufgaloppieren, um Charro zu holen. Markus musste sein Auto stehen lassen und mit Charro am Zügel den Rückweg zum Pferdehof reiten. Für einen guten Pferdepfleger eine leichte Übung. Immer zuerst die Pferde, dann das Auto!

Isabel hört die Erzählung mit offenem Mund und wird kreidebleich. Beide bemerken zur gleichen Zeit: „K.- o. -Tropfen!"

Jetzt heißt es handeln, beschließen die beiden und rufen bei der Polizei an.

Sie befürchten, die Beamten werden denken: „Schon wieder!" Zum Glück kommen zwei andere Polizisten und nehmen den Fall auf. Sie hören sich die Beschreibung an, haben aber große Zweifel, ob hier Handlungsbedarf bestehe. Es gäbe keine Anhaltspunkte für eine Straftat. Isabel und Markus holen weiter aus, um die ganze Geschichte nachvollziehbar zu machen. Schließlich greift Nowitzki zum Telefon und berät sich mit seiner Dienststelle. „Es liegt nichts gegen Herrn Vogel vor, wir können hier nicht aktiv werden", behauptet er nach dem Telefonat. Isabel gibt zu bedenken: „Sie können eine Blutprobe bei der Frau veranlassen, Sie können den Wagen des Ehemannes untersuchen. Es ist Gefahr im Verzug und Sie vereiteln die Aufklärung!"

Herr Nowitzki wäre ja willig, ruft aber erst einmal wieder bei der Dienststelle an. Minuten vergehen, er geht auf und ab. Markus macht sich wieder an die Stallarbeit, die ja liegengeblieben ist. Isabel steht verzweifelt mitten im Hof und will auf keinen Fall aufgeben.

Herr Nowitzki tuschelt mit Herrn Angerer, sie gehen auf Isabel zu und nicken mit dem Kopf: „Es kommt die Spurensicherung und eine Blutprobe wird auch angeordnet."

Isabel sackt erleichtert in sich zusammen. Zum Glück hat sie sich durchsetzen können. Gleichzeitig steigt eine Angst in ihr hoch, wenn jetzt gar nichts gefunden wird, wie steht sie dann da? Aber egal, sie hat schon schlimmere Situationen durchgestanden, Miriam ist in Sicherheit, sie muss vor diesem Mann geschützt werden. Das gelingt nur, wenn sie seine Machenschaften durchschauen kann. Eine Unsicherheit bleibt dennoch bestehen. Es wird eine peinliche Sache werden, wenn Norbert auftaucht, um seinen Wagen zu holen.

Die Beamten stehen auch kleinlaut da, Isabel geht Kaffee machen, das hat noch immer geholfen.

Die Spurensicherung trifft ein. Ohne sich groß vorzustellen ziehen sie ihre weißen Anzüge an und machen sich an dem Auto von Norbert zu schaffen. Die Reifen werden genauestens begutachtet, man sichert Erdreste und verpackt sie in Tütchen. Ein Spezialist öffnet problemlos die Türen, das Innere des Wagens wird akribisch durchsucht. Immer wieder packt ein Beamter etwas in ein Plastiktütchen, es werden Fingerabdrücke genommen, der Kilometerstand aufgeschrieben und der Kofferraum sorgfältig begutachtet.

Nach fünfzehn Minuten ist alles fertig, die Türen werden wieder geschlossen, die Anzüge ausgezogen und doch noch ein Tässchen im Wintergarten getrunken.

Markus kommt dazu, beide sind erleichtert, dass die Polizei ihre Arbeit macht und diese Situation ernst nimmt. Auf Isabels Nachfrage wird klargestellt, dass es keine Auskünfte über die Spurensuche gibt. Nur soviel: Sie hätten einiges gefunden.

Über die Vorfälle herrscht Einigkeit unter den Beamten, die Sache ist unlogisch und verdächtig. Das Einschalten der Polizei war in jedem Fall richtig. Die Laborwerte von Miriams Blut werden dauern, darüber erfährt man heute noch nichts.

Die Polizisten brechen auf und erklären sich bereit, Markus zu seinem Auto zu fahren. Isabel ist alleine auf dem Hof, als Norbert Vogel mit einem Taxi angefahren kommt. Er würdigt sie keines Blickes, steigt in sein Auto und fährt davon.

Isabel ist völlig durch den Wind. „Was war das denn?" denkt sie sich und muss sich erst einmal hinsetzten und zur Ruhe kommen. Der ganze Tag ist verpfuscht, das schöne Klassentreffen verpatzt, sie hatte sich doch wochenlang darauf vorbereitet. Durch den Anruf von Markus wurde sie herausgerissen, das Wiedersehen mit den Schulkameradinnen jäh abgebrochen. Sonst hätte das Schicksal von Miriam seinen Lauf genommen. Sie denkt sich Szenarien aus, die zur Realität geworden wären, hätte sie nicht eingegriffen. Was hatte Norbert Vogel vor? Hatte er einen raffinierten Plan, der gestört wurde? Hätte er seiner Frau etwas Schlimmes antun wollen? Oder plante er ein romantisches Stündchen, mit Sekt und schöner Aussicht, grad so, wie in einem Pilcher Film?

Alle Möglichkeiten gehen ihr durch den Kopf, werden aber wieder verworfen. Warum nimmt Norbert ungefragt ihr Pferd? Warum an einem Tag, an dem Isabel nicht auf dem Hof ist? Warum wird Miriam auf der gefährlichen Steinbruchkante ohnmächtig? Warum reiten sie mit Pferden zu einem lauschigen Schäferstündchen? Das alles passt doch nicht zusammen.

Zum Glück kommt Markus mit seinem Auto zurück und sie kann sich mit ihm austauschen. Beide fühlen sich, als wären sie gegen eine Wand gelaufen. Die wenigsten hätten so gehandelt. Es ist Isabels Misstrauen, ihre vorausschauende Beobachtungsgabe und ihre Bereitschaft zum Handeln. Jetzt haben sie sich in diese unglaubliche Lage gebracht.

Das ist es wohl, die Folge einer mutigen Tat, welche von den meisten Menschen gemieden wird. Viele wollen vorher wissen, ob es nachher richtig war, wenn man sich einmischt. Diese Sicherheit kann es nicht geben, darum bleibt man einfach untätig. Das ist allerdings nicht die Natur von Isabel, sie ist zum schnellen Handeln fähig, in dem Bewusstsein, dass nur durch ein beherztes Eingreifen Katastrophen verhindert werden.

Ganz sicher hat das Unglück von Waltraud, das Isabel vielleicht sogar verhindern hätte können, dazu beigetragen. Ohne die Unterstützung von Markus, der ihr hier die Sicherheit gab und tatkräftig gehandelt hat, wäre Miriam bestimmt verloren gewesen.

Ja, wenn es denn ein böser Plan war? Norbert wird es ganz anders hinstellen, vermutlich hat er sich gute Argumente zurecht gelegt. Markus und Isabel sprechen die möglichen Tatpläne von Norbert in aller Ruhe durch. Sie haben es noch nicht ausgesprochen, was sie vermuten. Sie denken aber, Miriam sollte ohnmächtig gemacht und dann mit dem Pferd in den Abgrund gestürzt werden. Überlebte sie aus irgendeinem

Grund, könnte sie sich an nichts erinnern. Ein teuflischer Plan, fast ohne erkennbares Fremdeinwirken, wenn er gut ausgeführt wird.

Es hat aber nicht geklappt, hoffentlich macht die Polizei ihre Arbeit gut. Gemeinsam erledigen sie die Stallarbeit und trinken noch einen Absacker im Reiterstübchen. Heute nimmt Isabel auch einen Jacky, die letzten Tage waren ein einziger Albtraum. Die Nächte mit der Furcht um die vermisste Waltraud, das Auffinden der Leiche, die verdächtigen Ausritte mit Norbert und nun die Tragödie am Steinbruch.

Markus erzählt noch, dass die Spurensicherung nach dem Ort der Ohnmacht gefragt hat und dann mit ihrer Ausrüstung den steilen Weg zur Steinbruchkante aufgestiegen ist. Es wurden auch dort Spuren gesichert. Man wird nun abwarten müssen, was bei den Untersuchungen herauskommt. Isabel will bald ins Bett gehen und sich morgen um ihre Schulkameradinnen kümmern, die sie vorzeitig verlassen musste.

„Was soll's", denkt sie laut, „es wird alles gut werden." Sie schenkt sich noch einen Jacky ein und auch Markus meint: „Was soll denn noch alles passieren, ab jetzt wird Ruhe einkehren."

Sie beraten weiter, wie mit den Vogels umzugehen ist. Norbert wird nach Lage der Dinge nicht mehr auf dem Hof geduldet werden. Miriam muss sich selbst überlegen, ob sie ihren Charro im Stall von Isabel lassen will. Er wird weiterhin bestens versorgt werden, bis sie eine Entscheidung trifft.

Mit der Hoffnung auf ruhigere Zeiten beendet Isabel den Tag, der eigentlich ihr Klassentreffentag war!

Isabel will die Ereignisse in Ruhe verarbeiten, damit positive Gedanken wieder die Oberhand gewinnen und bricht gleich nach ihrem Morgenkaffee zu einem Ausritt auf. Ihr Pferd Jo hat auch seine Haferration bekommen, das Wetter wird wunderschön. Sie machen sich auf den Weg in den Wald, in Richtung Steinbruch. Sie will sich die Gegend selber genauer anschauen, in der das gestrige Drama ablief. Es ist ein besonders schöner Weg durch einen Mischwald, abgelegen und ruhig. Nur die Vögel begleiten Isabel mit ihren Stimmen. Eine gute Entscheidung, denkt sie sich. Die idyllische Umgebung, in der ihr Hof liegt, darf nicht mit negativen Erinnerungen belastet werden.

Der Waldweg quert einen Bachlauf und steigt dann hinauf in die liebliche Hügellandschaft. Isabel lässt Jo in einen ruhigen Galopp fallen, sie gleiten dahin wie in einem Traum. So stellt sie sich ihr Leben vor, im Einklang mit der Natur, ihrem Pferd und ihrem Seelenfrieden. Sie ist sich sicher, dass auch Jo den Ausritt genießt und nicht nur seinen Kameraden auf der Weide nachtrauert.

Bald erreichen sie den Hochweg, der am Steinbruch entlangführt, ein besonders reizvoller lichtdurchfluteter Weg mit natürlichem Waldboden. Sie lässt Jo weitergaloppieren, er läuft ruhig und von der langen Steigung schon ausgepowert. Der weiche Waldboden ist ideal für unbeschlagene Pferde. Isabel benutzt keine Hufeisen, ihre Pferde müssen nicht schwer arbeiten, die Hufe sind gepflegt, sie brauchen keinen Schutz durch Eisen. Die Abbruchkante kommt in Sicht, Isabel bremst Jo in den Schritt, sie hat großen Respekt vor Abgründen.

Der Steinbruch ist zu einem Biotop geworden, seltene Pflanzen und Tiere finden hier eine Heimat. Sie lässt sich Zeit für einen Blick in diese Natur und sucht dann die Stelle, an der Miriam ohnmächtig geworden sein soll. Der Boden ist etwas aufgewühlt, eine wunderschöne Stelle für ein Picknick, oder ein romantisches Treffen. Sie lenkt Jo zu den nächsten Bäumen, an denen die Pferde angebunden waren. Hier sind die Spuren deutlicher, sie reitet um die Bäume herum und entdeckt kleine weiße Zettelchen mit Nummern. Scheinbar Markierungen der Spurensicherung, denkt sie sich.

Jo spannt sich an, schaut in eine Richtung und spitzt die Ohren. Aufmerksam gemacht, glaubt Isabel, eine Gestalt zu erkennen, die davonhuscht. Vorsichtig, wie sie ist, entfernt sie sich schnell von der Stelle und reitet hinaus auf die Lichtung und weiter den Weg entlang,

Oberer Katholischer Friedhof Regensburg

der in einer großen Schleife den Hügel wieder hinabführt. Als sie sich in Sicherheit fühlt, hält sie Jo noch einmal an, um in den Steinbruch zu blicken. Dabei entdeckt sie ein Auto, das hinter Büschen auf der kleinen Straße am Fuß des Abgrunds geparkt ist. Es gibt keinen Zweifel, es ist das Auto von Norbert Vogel.

Jetzt wird ihr klar, Norbert will Spuren verwischen, er hat einen Grund noch einmal hierherzukommen. Sie handelte also richtig, als sie sich schnell verdrückt hat. Auf dem kürzesten Weg reitet sie zurück zum Stall.

Markus steht verärgert im Tor: „Laufend läutet das Telefon, die Schulfreundinnen wollen dich sprechen!" Das war Isabel klar, sie hätte vorher telefonieren sollen. Ihr Seelenheil war ihr wichtiger, sie wollte unbedingt in die Natur reiten und sich entspannen.

Sie ruft zuerst bei der Polizei an und meldet ihre Beobachtung, dann holt sie die Liste der Freundinnen, um einen Rundruf zu starten, aber nicht ohne sich vorher einen Kaffee zu genehmigen. Voller Genugtuung sitzt Isabel im Wintergarten und ist froh, Herrn Vogel am Steinbruch erwischt zu haben. Jetzt macht sie sich ans Telefonieren und das kann länger dauern. Bevor sie die erste Nummer wählt, klingelt es durch, Anna ist dran, die Freundin mit der Gärtnerei und den rauschenden Festen im Glashaus.

Eine ganze Stunde dauert die Schilderung der Abläufe. Anna berichtet vom Klassentreffen, das in seiner Fülle von Neuigkeiten gar nicht so leicht in ein Telefonat passt. Isabel schildert die Entführung ihres Pferdes und das Drama um die Vogels am gestrigen Tag. Eine Menge Klatsch und Tratsch wird durch die Leitung hin- und hergeschleudert. Eine nicht zu bewältigende Informationsflut, die mit den persönlichen Beurteilungen der Vorfälle am Telefon nicht zufriedenstellend abgeschlossen werden kann. Die Freundinnen wissen sich zu helfen und vereinbaren ein weiteres Klassentreffen im Glashaus bei Anna.

Zufrieden legen sie auf und führen die Infos per Whats-App weiter. Sie haben eine Gruppe gegründet, mit deren Hilfe in einem Zug alle Klassenkameradinnen informiert werden, zumindest alle mit Smartphone und digitaler Aufgeschlossenheit. Die Restlichen brauchen ohnehin etwas länger mit der Reaktion und werden per Telefon über das nächste Treffen informiert, das in einer Woche bei Anna stattfindet.

Anna

Dieser Einladung folgt jede Freundin gerne, denn es ist ein beson-deres Erlebnis. Anna hat die Begabung für das Außergewöhnliche aus einfachsten Mitteln. Ihr Anwesen liegt am Dorfrand, abseits von Straßen und Neubausiedlungen. Das kleine Wohnhaus ist geschmackvoll reno-viert, umgeben von Staudengärten. Anna nutzt das durchaus geräumige Glashaus nicht nur zur Pflanzenaufzucht, sie hat einen Teil als Sommer-wohnzimmer hergerichtet. Hier sind Zitrusgewächse angepflanzt, die fast ganzjährig ihren Duft verströmen, den Anna über alles liebt. Daneben gedeihen Pflanzen, die sie von Urlaubsreisen mitgebracht hat. Das exotische Gemisch schafft die Atmosphäre eines Traumgartens und lässt jeden Besucher staunend herumwandeln. Dieser Teil des Gewächs-hauses hat einen direkten Zugang zum eigentlichen Wohnzimmer, wodurch eine reizvolle Raumfolge entsteht. Dort und im Glashaus hat Anna große Kronleuchter aufgehängt, natürlich mit echten Kerzen, die den Abend zu einem romantischen Lichtwunder machen. Die roh bear-beiteten Möbel aus altem Holz perfektionieren die Stimmung zu einem Hochgenuss.

Es braucht nicht mehr viel für einen gelungenen Abend, Anna zaubert selbstgemachte Bowlen, Maibowle, Erdbeerbowle, Ananasbowle oder Granatapfelbowle. Fladen aus dem Pizzaofen passen immer und werden laufend frisch gebacken.

Für ein Freundinnen-Kaffee-Treffen wird natürlich umdisponiert. Mit Blumen aus ihrem Staudengarten zaubert Anna Tischkreationen je nach Jahreszeit und schon ist die Kaffeetafel ein Erlebnis. Zur Einfachheit des Events bittet Anna ihre Gäste, einen Kuchen, oder eine Torte mitzu-bringen und schwups, ist die Tafel ein Highlight mit Überraschung und Vielfalt.

Der lange Tisch aus alten Türblättern steht immer bereit, zwischen den Tropenpflanzen unter dem Kronleuchter. Alles erscheint ganz selbstver-ständlich und wird doch zum Besonderen, immer wieder gerne.

Vermutlich liegt das Geheimnis Annas Beliebtheit in ihrer Offenheit und Unkompliziertheit im allzeit bereiten Glashaus.

Isabel ist glücklich über diese Einladung, so wird das verpatzte Klassentreffen doch noch zu einem schönen Erlebnis, das sonst nicht zustandegekommen wäre.

Die Rosen vor ihrem Wintergarten blühen üppig, das Sonnenlicht krönt sie zu einem Zauber, der Isabel zum Verweilen zwingt. Sie stellt sich in ihren Garten und genießt die Pracht ihres Rosenmeeres. Auch der Holunder ist in voller Blüte und duftet mit den Rosen um die Wette. Alles gedeiht besonders üppig in diesem Jahr. Sie muss innehalten und genießen.

Sie holt Markus in den Garten und für beide einen gekühlten Prosecco zum Feiern des Moments. „Gibt`s was Schöneres?" schwärmt Isabel. Sie prosten sich zu und gönnen sich eine kleine Pause.

Nach zehn Minuten stellen sie die Gläser ab, die Stallarbeit wartet. Ein Auto fährt in den Hof, es ist Miriam Vogel. Sie scheint aufgebracht und wild entschlossen, Isabel eine Szene zu machen. So wie es ausschaut, ist es auch. Miriam gibt sich empört und beschuldigt Markus und Isabel, ihren Norbert angeschwärzt zu haben. „Und auch noch die Polizei einschalten!" zischt sie empört zwischen den Zähnen durch.

Es wäre eine Ungeheuerlichkeit gewesen, wo ihr Norbert doch in der Öffentlichkeit steht. Sie hätten gerade wieder zusammengefunden und waren so glücklich. Im Rausch des Glücks hat sie einen epileptischen Anfall bekommen, das wäre schnell vorbei gewesen, sie hätte problemlos heimreiten können.

Sie wird ihr Pferd holen lassen und jeden Kontakt abbrechen, schimpft sie, steigt in ihren Wagen und fährt davon. Ihren Charro würdigt sie keines Blickes.

Isabel und Markus setzen sich erst einmal hin und schenken sich Prosecco nach. Kopfschüttelnd bemerkt Markus: „Sie will ihren Status behalten um jeden Preis."

„Ja klar, Norbert hat jetzt Angst und spielt zumindest vorübergehend mit", ergänzt Isabel. „Mit dem Hirn hat sie ihre Probleme, die Miriam!" Sie müssen auch noch lachen und bedauern die jetzt wohl ausbleibenden Einladungen zu den ausschweifenden Feiern bei den Vogels. Sie können noch nicht wissen, dass es diese Feste nicht mehr geben wird.

In den Zeitungen steht kein Wort, der Vorfall wird unter den Teppich gekehrt. Miriam erhebt keinerlei Vorwürfe gegen ihren Ehemann, das Verfahren wird eingestellt.

Von der Polizei erfahren sie auf Nachfrage, dass sehr wohl Anhalts-punkte für K.-o.-Tropfen gefunden wurden, eine Verpackungsschachtel im Wagen von Norbert Vogel und ein Fläschchen mit der einschlägigen Flüssigkeit im Wald beim Steinbruch. Diese Tropfen haben durchaus auch andere Verwendungsmöglichkeiten und eine Straftat kann nicht nachgewiesen werden und überhaupt, wo kein Kläger, da kein Richter.

„Das war`s also", meint Isabel. „Ich schreibe die ausstehenden Forde-rungen für Stallmiete und Pferdeverleihung zusammen. Gib das Pferd erst heraus, wenn die Kosten beglichen sind."

Markus nickt, man geht zum Alltag über.

Für ihre Hilfsaktion ernten sie nur Ärger und Undank. Isabel wundert sich nicht, obwohl sie sehr enttäuscht ist. Sie würde gerne helfen, Miriam will der Realität nicht ins Auge sehen. Sie hat keine Selbstsicherheit entwickelt, um ihr Leben alleine in die Hand zu nehmen. Sie will in ihrer Rolle als Frau Vogel bleiben, obwohl das „Stück" schon längst zu Ende ist. Es ist für Miriam Gewohnheit, sich ihren Platz zu erkämpfen, dafür schluckt sie jede Kröte, die ihr Ehemann serviert. Bisher ist es ja gut gegangen, beim letzten Mal allerdings äußerst knapp. Was wird ihr die Zukunft bringen?

Doch Miriam schaut nach vorne, kauft neue Kleider und wechselt den Friseur. Charro wird in einen anderen Stall gebracht, dort spielt Miriam weiter die reiche Frau Vogel mit dem sagenhaft erfolgreichen Mann, der mit den illustren Kreisen Geschäfte macht.

Von Tom erfährt Isabel, dass er angefordert wurde, Charro im neuen Pferdehof zu trainieren.

Noch in diesem Jahr wird Miriam tot im Pool gefunden werden, Herz-versagen. Die Beisetzung findet im engsten Familienkreis statt.

Für das Nachholklassentreffen macht Isabel ein längeres Pferdesitting mit Markus aus. Er kann es sich einrichten, der Pferdehof soll nicht stundenlang ohne Aufsicht sein. Es passt alles, auch ihre beliebte Biskuit-Erdbeer-Sahnerolle ist gelungen, sie macht sich auf, um zu Anna zu fahren. Der Weg dauert ca. dreißig Minuten. Am Ortsrand taucht das Gehöft mit der Gärtnerei auf. Einige Autos parken schon an der Zufahrtsstraße. Isabel fährt ihren Wagen langsam in den Hof, sie kennt dort weitere Parkmöglichkeiten. Der Weg führt vorbei an den Staudenbeeten, die immer strotzten vor Pracht, nur heute nicht. Die Pflanzen sind ungepflegt, ein sehr irritierender Anblick für Isabel.

Vor dem Haus steht ein großer Mann mit langem Gewand, wallendem Haar und Rauschebart. Isabel schwant Schauriges. Ihre Befürchtung bestätigt sich, bei Anna ist ein Liebhaber eingezogen, eine Art Erleuchteter, Heiliger, Seher oder Guru.

Das kann nichts Gutes bedeuten. Anna war schon immer angetan von Esoterik, für höheres, absolutes Wissen. Sie wird es erfahren, wenn Anna erscheint. Der „Guru" empfängt sie salbungsvoll. Isabel gibt sich entspannt, das erscheint ihr passend für die Situation. Sie muss sich beherrschen, um nicht unhöflich zu wirken.

Von Anna wird sie überaus herzlich begrüßt, es ist überhaupt alles sinnlicher, ja emotionaler, wenn nur das ungepflegte Chaos nicht wäre. Man hat sich wohl höheren Ebenen zugewandt. Der Guru geleitet sie sanft ins Wohnzimmer, dort warten schon weitere verunsicherte Schulfreundinnen. Eine Stimmung aus Überraschung und dunkler Vorahnung liegt in der Luft.

Die mitgebrachten Kuchen stehen schon auf dem Tisch, von Kaffee keine Spur. Die Kronleuchter sind wie immer mit Kerzen bestückt. Zwischen den Pflanzen qualmen Räucherstäbchen vor sich hin und übertünchen den feinen Duft der Zitrusgewächse. Tai Chi Musik durchflutet die Räume.

Isabel fühlt sich zwangsentspannt, was sie innerlich rebellieren lässt. Eine gewisse Antipathie steigt in ihr hoch, vor allem wenn ihr Blick den Guru trifft, verspürt sie eine tiefe Abneigung.

Anna bringt sich ins Spiel, sie bemerkt die Verunsicherung ihrer Gäste. Als alle Geladenen anwesend sind, ergreift sie das Wort und versucht, die veränderte Situation zu thematisieren.

Anna beschreibt sich als angekommen in einem erfüllten Dasein, das sich ihr durch ihren Freund Ghotam offenbart hat.

Der Guru heißt also Ghotam, bringt die Erfüllung und ruht in sich. Nur in sich findet man allen Sinn, profane Gartenarbeit erübrigt sich.

Ghotam schart Jünger um sich und gibt Gesellschaften zur Meditation und Erleuchtung. Dafür nimmt er saftige Gebühren und Spenden, das Glashaus von Anna bietet den perfekten Rahmen. Die üppigen Einnahmen lassen die Notwendigkeit von körperlicher Arbeit absurd erscheinen.

Anna folgt ihm willig, die Anwesenheit von Meditierenden und in sich verklärten Jüngern verhindert auch jede sinnvolle Tätigkeit in ihrer Gärtnerei.

Die Schulfreundinnen sitzen ratlos vor den mitgebrachten Kuchen und warten verunsichert auf den gewohnten Kaffee. Anna bereinigt die Situation, indem sie den Verzicht auf Kaffee erklärt, weil Mate Tee größere Vorzüge und gesundheitlichen Wert hat.

Ghotam bringt Stövchen an den Tisch und Anna setzt behutsam Kannen mit dem gelobten Tee darauf.

Jetzt kann endlich der „Kaffeeklatsch" beginnen, man begnügt sich mit dem Tee, der anstandshalber gelobt wird. Die Frauen probieren die Kuchen durch und tauschen Rezepte aus. Die Ereignisse im Schulkameradinnen-Kreis können jetzt weiter bearbeitet werden. Normalität greift wieder um sich und Anna scheint ganz die Alte. Isabel hatte am Telefon auch nichts von den Veränderungen bemerkt. Die Auffälligkeiten treten nur zutage, wenn ihr Ghotam anwesend ist. Der hat sich zum Glück zurückgezogen, er wird die Ruhe zur Meditation nutzen.

Isabel erzählt das Drama mit Miriam Vogel, jede Freundin gibt ihre Meinung dazu. Sie kommen zu dem Schluss, dass Frauen sich in Abhängigkeiten begeben und oft nicht die Kraft haben, sich daraus zu befreien. So recht kommt die Diskussion nicht in Fahrt, man ist zu Gast bei Anna. Sie hat sich ja gerade in große Abhängigkeit begeben.

Vielleicht ist es ein Denkanstoß, um die eigene Befindlichkeit zu reflektieren, denkt sich Isabel.

Aus Peinlichkeit wechseln sie zur Tragödie um Waltraud. Auffällig ist, dass sich alles im Umfeld von Isabel zugetragen hat. Sie erklärt sich diesen Umstand damit, dass sie ein gastfreundliches Haus hat und mit dem Pferdestall in der Öffentlichkeit steht. Es mag auch daran liegen, dass Isabel interessiert und kontaktfreudig ist, im Gegensatz zu Agnes, die zurückgezogen in ihrer Häuslichkeit stillhält und heimlich ihre Raubzüge plant. Sie scheint sich ihren Kick im Leben selbst zu generieren, aus der sicheren Deckung schlägt sie unerwartet zu. Beweist sie hier ihre eigene Genialität vor sich selbst?

„Ein Überlegen ist müßig", denkt sich Isabel, „es ist einfach eine Krankheit, oder ein Charakterzug, oder vermutlich beides." Kopfzerbrechen bereiten ihr die Veränderungen im Leben von Anna. Sie kann sich nicht auf die Unterhaltungen der Freundinnen konzentrieren, immer wieder holt sie das Sterben der Gärtnerei ein und das Grübeln über diesen Wandel in Annas Weltanschauung.

Die Dämmerung bricht schon herein, als sich eine Gelegenheit ergibt, mit Anna durch die Staudenbeete zu spazieren und sie zu einem Gespräch zu animieren.

Anna wird nachdenklich zwischen den zwar blühenden, aber mit Unkraut durchwucherten Pflanzen. Isabel kann ihre Traurigkeit spüren, die beim Anblick ihrer Kulturen in der Freundin aufsteigt. Diese Staudengärtnerei war doch ihr ganzer Stolz, ihre Freude, ihr großer Ehrgeiz, der sie alle Konkurrenz übertrumpfen ließ.

„Das bist doch nicht du", bemerkt Isabel leise. Anna nickt, sie wirkt auch ganz betrübt und kämpft mit den Tränen.

„Ghotam ist ja lieb zu mir, er übernimmt die Planungen und lähmt alle Aktivitäten in mir. Am Anfang waren es nur kurze Besuche. Er hat mich fasziniert mit seinen Heilsbotschaften. Ich habe schon immer einen Hang zur Spiritualität. Ghotam hat mir so gut getan, dass ich ihn immer öfter einlud und die Idee entstand, hier ein Meditationszentrum aufzubauen", erzählt Anna.

Sie wird immer leiser, will die Entwicklung aber weiter schildern. Beide entfernen sich immer mehr von den Glashäusern, als würde sich Anna absichtlich fernhalten vom Einflusskreis ihres Gurus.

Isabel sieht zurück und entdeckt Ghotam vor dem Haus. Er blickt in ihre Richtung, genauso als würde er Einfluss auf die zwei nehmen wollen. Regungslos steht er da und starrt in ihre Richtung, als ahne er Unheil. Doch Isabel ist stark, sein Verhalten erzeugt bei ihr Rebellion und den Wunsch, ihrer Schulfreundin Anna beizustehen.

Je länger das Gespräch dauert, umso mehr öffnet sich Anna. Es entsteht der Eindruck, als würde sie endlich in sich gehen und ihre Situation ehrlich betrachten. Sie schildert Isabel ihre Beweggründe und ihre Gefühlslage und blickt sich dabei selbst in den Spiegel ihrer aktuellen Befindlichkeit. Die Glashäuser werden immer kleiner, sie erreichen die Grundstücksgrenze und plaudern noch lange Zeit.

Anna wird zusehends trauriger, sie gibt immer mehr Hintergründe preis. Es zeichnet sich eine Abhängigkeit von Ghotam ab, die er auszunutzen weiß. Anna ist in einer Lage angekommen, die nicht mehr ihrem Lebensbild entspricht, aus der sie sich nicht befreien kann.

In Sichtweite kann man den Dorfrand mit einem Neubaugebiet erkennen, der Wert des Gärtnereigrundstücks steigt vermutlich täglich.

Ghotam steht wie versteinert vor dem Haus, er wirkt bedrohlich auf Isabel. Das unangenehme Gefühl lässt Schlachtpläne in ihr entstehen. Sie stärkt Anna den Rücken, indem sie Auswege aufzeigt und ihr Mut macht. Gelassen wandeln sie zurück und mischen sich unter die Freundinnen. Ghotam ist wieder unsichtbar, doch Isabel fühlt sich beobachtet und bleibt wachsam. Anna wird ihm gegenüber nicht mehr die Alte sein.

Ganz anders Agnes Peindl, sie wirkt verklärt, die esoterische Stimmung entspricht ihr voll. Der Guru beeindruckt sie zutiefst. Diese sanfte und gleichzeitig allmächtige Persönlichkeit lässt sie buchstäblich dahinschmelzen. Sie äußert sogar den Wunsch, der Meditationsgruppe beitreten zu wollen, vermutlich ein lockender Ausweg aus ihrer engen Welt, noch dazu mit einem starken und führenden männlichen Wesen. Vielleicht sogar der Weg um ihrer Kleptomanie zu entfliehen. Ghotam animiert zur inneren Ruhe und Ausgeglichenheit, vielleicht ist das sogar der Schlüssel zur Überwindung des Klauzwanges. Da könnte sogar etwas dran sein, wäre Ghotam nicht selbst eine zerrissene Gestalt zwischen Manipulation und Schauspielerei.

Zumindest in dieser Frauengruppe findet er tiefe Ablehnung, Misstrauen und Neugierde, aber auch Bewunderung. Diese Kombination überfordert sogar den ausgefuchsten Guru-Darsteller. Er spielt sich in den Hintergrund und versucht den Besuch zu vertreiben, indem er neue Räucherstäbchen anzündet und zur Meditation übergeht.

Diese Handlungen animieren die Frauen erfolgreich zum Aufbruch. Es wird auch keine Ermunterung zum Bleiben ausgesprochen und wie sonst üblich kein Glas Wein gereicht. Darum verabschiedet man sich und verlässt mit unterschiedlichen Gefühlen den Ort des Treffens.

Agnes Peindl verspricht ein Wiederkommen und Isabel verabredet sich mit Anna zur Krisenbewältigung.

Auf dem Weg zu ihrem Auto kommt Isabel an den Abfalltonnen vorbei. Sie hat die Wagentüre schon in der Hand, als sie diese wieder schließt, mutig kehrt macht, ins Glashaus schreitet, die Räucherstäbchen aus den Sandschälchen reißt, unter dem Wasserhahn ablöscht und demonstrativ in die Abfalltonnen wirft.

In aller Ruhe geht sie wieder zu ihrem Auto, steigt ein, wendet umständlich und lenkt es gelassen den langen Weg durch die Staudenfelder davon.

Erleichtert fährt sie langsam heim zu ihren Pferden. Markus sitzt tapfer vor dem Wintergarten und arbeitet an einer neuen Skulptur. Sie werden sich noch lange über Gurus, Sanskrit, Meditation und seine Reisen in Indien unterhalten.

Eines scheint Isabel klar, Annas Ghotam ist an der Gärtnerei interessiert und an der Machtposition, die er sich bei ihr ergaunern kann. Anna ist eine so liebe Frau, sie hat sich scheinbar unvoreingenommen auf diesen Mann eingelassen.

Aber er interpretiert die Situation falsch, Anna ist zwar ein sanftes Täubchen ohne Argwohn, aber kein einfältiges Dummchen. Sie hat nach dem Tod ihres Mannes die Zügel in die Hand genommen und die Gärtnerei alleine gemeistert, sogar noch erfolgreicher als mit ihrem Mann.

Die Aussprache mit Isabel hat Anna aufgerüttelt. Obwohl sie die Lage schon richtig eingeschätzt hat, entstand eine Initialzündung. Es wurde ihr bewusst, die Beziehung mit Ghotam ist aus dem Ruder gelaufen, sie wird ihr Leben wieder selbst bestimmen. Anna verabredet sich mit Isabel, mit ihr kann sie ihre Lage analysieren. Das Benennen der Probleme tut ihr gut, sie kann Rückendeckung gebrauchen.

Bereits am nächsten Morgen klingelt das Telefon bei Isabel. Sie führt gerade ihren Jo auf die Weide. Mit einer Hand klinkt sie den Führstrick aus, mit der anderen Hand nimmt sie den Anruf an. Jo galoppiert buckelnd davon und wiehert wie immer seinen Kameraden entgegen. Anna ist am Apparat. Das Telefon hat Isabel stets dabei, um rund um die Uhr erreichbar zu sein. Schließlich betreibt sie ein Unternehmen.

Anna ist voller Wut über Ghotam, er gäbe sich beleidigt und straft sie mit ernsten Blicken. Überall stellt er neue Sandschalen auf, zündet

Räucherkerzen an, welche Anna die Luft vernebeln und ihren Entschluss bekräftigen, diese Auswüchse auf ihrem Anwesen zu beenden. Sie will zwar eine Konfrontation vermeiden, beschließt aber innerlich, dem Treiben ein Ende zu setzten. Sie will sofort kommen und konkrete Pläne schmieden, um ihr Anwesen von allen Meditationen zu befreien.

Isabel freut sich und schließt das Weidetor. Sie betrachtet ihre Pferde noch eine Weile und sortiert ihre Termine im Kopf, um sich den Vormittag freizuhalten für Anna.

Markus wird etwas später kommen, er darf ausschlafen und die gestern geopferte Zeit hereinholen. Es wird nicht aufgerechnet, man kommt sich entgegen, wo immer es möglich ist.

Im Laufschritt bringt Isabel die restlichen Pferde auf die Weide und beginnt mit dem Ausmisten der Boxen. Früher als erwartet lenkt Markus sein Auto in den Hof. „So ein Glück, machst Du weiter?" fragt Isabel erleichtert. „Anna kommt zur Krisenbewältigung auf einen Kaffee."

Markus ist in die Geschichte eingeweiht und übernimmt im Stall, damit Isabel noch den Tisch decken kann.

Sie schaltet die Kaffeemaschine ein und schon steht Anna in der Türe. Mit zornigem Gesicht fällt sie Isabel um den Hals und erzählt von den Untaten ihres sonst so sanften Gurus. Ghotam hätte in ihren Unterlagen herumgewühlt und die Adressen der Klassenkameradinnen herausgesucht. Er scheint sich für die Daten von Isabel zu interessieren, sie ist ihm wohl zu nahe getreten und stellt eine Gefahr für sein Projekt „Meditationszentrum" dar.

„Gut, dass du mir die Augen geöffnet hast, ich habe einfach mitgespielt, obwohl es mir längst unangenehm war", bedankt sich Anna.

Jetzt, als ihm Gegenwind um die Ohren weht, zeigt Ghotam sein wahres Gesicht, man ahnt, wie das Bürschchen wirklich gestrickt ist. Von wegen sanfter Heiliger, er entpuppt sich mehr und mehr als berechnender Taugenichts.

Jetzt fällt es Anna wie Schuppen von den Augen, sie hat stillgehalten, es ist ihr nicht in den Sinn gekommen, rechtzeitig gegenzusteuern. Es entspricht nicht ihrer Natur, misstrauisch zu sein. Sie hat zu spät gemerkt, dass hier eine sanft freundliche Machtübernahme stattgefunden hat, vor ihren Augen, auf ihrem Anwesen, in Bezug auf ihre Freiheit.

Erst Isabel hat mit ihrer Reaktion auf die Zustände den Anstoß dafür gegeben, dass Anna die Dinge sieht, wie sie wirklich sind und ihre Abwehr in Stellung bringen kann.

Für Anna war es ein Erwachen, sie ist sich im Klaren, dass Ghotam vertrieben werden muss. Sie schmieden einen Plan, denn die Hoffnung, ihn freiwillig loszuwerden, ist gering.

Man will einen klaren Schlussstrich ziehen und einen möglichst kurzen Weg gehen, um die Sache zu beenden. Es wird mehr als sehr unangenehm werden für Anna, darum schlägt Isabel vor, dass sie bei ihr wohnen soll, bis Ghotam verschwunden ist.

Markus rät, die Polizei einzuschalten. Vielleicht hat dieser Ghotam schon eine aktenkundige Vergangenheit? So wie er vorgeht, macht er es bestimmt nicht das erste Mal. Doch Anna will es im Guten versuchen, man setzt ein Kündigungsschreiben auf, das ihm heute noch übergeben werden soll.

Die drei helfen zusammen und verfassen einen freundlichen, deutlichen und klaren Text am Computer und drucken ihn aus. Anna unterschreibt mit Datum und setzt eine handschriftliche Frist, dass Ghotam binnen drei Tagen ausziehen soll.

Das Meditationszentrum soll Geschichte sein.

Zusammen erledigen sie die Stallarbeit, um Markus nicht schon wieder auszunutzen. Isabel zaubert ein Essen mit Resten aus der Gefriertruhe. Anschließend sitzen sie zusammen um Mut zu fassen, den weitreichenden Entschluss zu verarbeiten und das Schreiben entschlossen überbringen zu können. Isabel wird mit Anna fahren und Markus wird sie dabei begleiten. Sozusagen als männlicher Beschützer.

Am Abend brechen sie auf. Sie nehmen das Auto von Anna. Sie wird ihre Sachen für einige Tage packen und wieder mit zurückfahren auf den Hof von Isabel.

In Annas Wagen fahren sie an den Staudenbeeten vorbei, auf die Glashäuser zu. Ghotam steht gottähnlich vor der Haustüre, er will Anna einen beeindruckenden Empfang bereiten. Es schaut aus, als würde er eine neue „Charming-Offensive" starten, um die Wogen zu glätten.

Friedhof Kefalonia

Als er erkennt, dass Anna nicht alleine im Wagen sitzt, verschwindet er einfach. Er geht ins Glashaus und nimmt seinen Platz zum Meditieren ein, als würde die Welt um ihn herum nicht existieren. Als Anna gepackt hat, legt sie ihm den Brief in den Schoß und verschwindet in der Hoffnung, er möge die Konsequenzen ziehen.

Erleichtert steigen sie in Annas Wagen und fahren davon. Voller Übermut steuern sie ein gutes Wirtshaus im Nachbarort an und bestellen sich ein leckeres Abendessen. Anna bezahlt, schließlich will sie sich erkenntlich zeigen für den Einsatz von Isabel und Markus.

Zufrieden kommen sie am Pferdehof an, es ist viel geschafft an diesem Tag. Sie werfen die Autotüren zu, es ist eine dunkle Nacht, der Himmel ist verhangen, keine Sterne und kein Mond sind zu sehen.

Markus hält inne und zeigt auf den Stall. Oben aus dem Heuboden erkennt er einen Lichtschein durch die Ritzen der Bretter, die in der Sommerhitze geschwunden sind.

Sie laufen in den Stall, die Treppen zum Heuboden hinauf, auf dem Unmengen von Stroh und Heu lagern.

Und tatsächlich, zwischen den Strohballen steht eine brennende Kerze auf dem Holzboden. Starr vor Schreck halten sie inne, Markus nimmt die Kerze an sich und bläst sie aus.

Isabel, für ihr sofortiges Handeln bekannt, zückt ihr Handy und ruft bei der Polizei an.

Fassungslos blicken sie um sich, ob vielleicht noch eine Gefahr zu erkennen ist und hören, wie ein Auto am Hof vorbei davonfährt. Bis sie ins Freie kommen, ist es zu weit weg, um eine Nummer zu erkennen. Außerdem fährt der Wagen ohne Licht, ein Indiz, dass er verdächtig ist.

Isabel ist alles zu viel, sie setzt sich auf einen Stuhl und ist kreidebleich. Wüste Gedanken schießen ihr durch den Kopf. Was mischt sie sich auch überall ein? Sie hätte ein ruhiges Leben haben können und bringt sich mit ihrem Mut immer wieder in missliche Lagen.

Die Nummer mit diesem Guru ist viel zu heiß. Jetzt sitzt sie mittendrin in dem Dilemma. Isabel hat diesem Typen die Tour vermasselt. Jetzt ist sie sein Erzfeind.

Die Polizei trifft ein, zwei Beamte steigen aus dem Wagen, es sind wieder die Herren Moser und Wenig. Sie grüßen freundlich und streben gleich den Wintergarten an. Man setzt sich zusammen, Markus hält immer noch die Kerze in der Hand und schildert die vorgefundene Situation. Isabel ist vom Schrecken gelähmt und bringt kein Wort heraus.

Herr Moser fordert die Spurensicherung an.

Es zeichnet sich eine unruhige Nacht ab, der Hof wird von einem Polizisten bewacht. Markus fährt heim, Anna und Isabel sitzen im Wintergarten und versuchen, die Geschehnisse zu verarbeiten.

Die Kripo hat keine brauchbaren Spuren entdeckt, nur Reifenabdrücke im Waldboden gefunden und gesichert.

Die Polizei am Wohnort von Anna wird alarmiert, die zuständigen Beamten inspizieren die Gärtnerei. Dort stehen alle Türen offen, das Anwesen ist verlassen, nach Ghotam wird gefahndet. Ein Beamter übernimmt auch dort die Nachtwache.

Nach und nach dämmert es Anna, in welch gefährliche Lage sie sich gebracht hat. Die Möglichkeit, wieder einen Lebenspartner zu finden, hat sie unbesonnen handeln lassen. Die raffinierten Heilsbeschwichtigungen dieses Mannes haben ihr Hirn vernebelt. Zu lange hat sie ihn gewähren lassen und ihre wohl vorhandenen Bedenken unterdrückt.

Doch schon wieder will sie alles relativieren. Anna gibt zu bedenken, Ghotam habe keinen Führerschein und kein Auto, er könne somit nicht für die versuchte Brandstiftung am Pferdehof verantwortlich sein.

Am nächsten Tag wird man klarer sehen.

Isabel weiß keinen Ausweg, jetzt ist sie mittendrin in der leidigen Geschichte, was soll sie machen? Sie wird Anna weiterhin beistehen, obwohl sie sich selbst in eine unmögliche Lage gebracht hat.

Wer sich nicht einmischt, bekommt auch keine Schwierigkeiten. Wäre sie von Anna nicht eingeladen worden, liefe alles wie gewohnt weiter. Anna würde sich weiterhin für die glückliche Guru-Jüngerin halten und Ghotam könnte seine Position ausbauen, wie es ihm beliebt. Das Ende wäre offen, aber es würde kommen.

Übernächtigt sitzen sie beim Morgenkaffee, der Polizist hat die Wache beendet, es scheint alles ruhig.

Anna telefoniert mit der Polizeidienststelle an ihrem Ort. Auch dort gab es keine Zwischenfälle in der Nacht. Die Identität von Ghotam wurde allerdings geklärt. Es war nicht so schwer, denn dieser Mann spult immer die gleiche Masche ab, viele Übergriffe von Gurus mit Sektenbildung gibt es nicht in Deutschland. Es liegen drei Anzeigen vor, die aufgeklärt sind, Ghotam heißt eigentlich Mittermeier Josef, er war schon für drei Jahre im Gefängnis.

Eine frühere Recherche hätte Anna Vieles erspart.

Nun ist ihre Gärtnerei verwahrlost, der Kundenstamm verloren, die Betriebshelfer ausgestellt. Anna ist ernüchtert, sie blickt auf eine unschöne Realität. Die Gärtnerei kann auf Vordermann gebracht werden, doch bis wieder Gewinne erwirtschaftet werden, ist es ein langer Weg. Ihre Mittel sind aufgebraucht, von Ghotam sind keine Rücklagen übrig geblieben. Er hat nur Chaos hinterlassen. Anna ist deprimiert über ihr Versagen, den Zorn auf sich selbst muss sie erst verarbeiten.

Auf dem Pferdehof ist alles liegen geblieben, Heu wird geliefert, Telefonate müssen geführt werden. Isabel braucht diesen Tag für ihren Betrieb. Darum fährt Anna alleine zurück zur Gärtnerei, um sich zu orientieren und ihre Wunden zu lecken. Isabel rät ihr, andere Freunde dazuzuholen, um die nächsten Tage nicht alleine zu sein mit dieser Katastrophe. Ehemalige Helfer bei der Gartenarbeit würden sich anbieten, die kurzfristig benachrichtigt werden könnten.

Anna verspricht, Kontakte aufzunehmen und fährt heim, durch die verunkrauteten Staudenrabatten. Auf ihrem Hof hängen überall Gebetsfahnen, in der Luft steht der abgestandene Geruch von Räucherstäbchen. Die Pflanzen brauchen Wasser und Pflege, sie beginnt einfach, sich mit ihnen zu beschäftigen und vergisst kurz die schlimme Zeit.

Anna hat versprochen, sich bei Isabel zu melden, wenn sie auf dem Anwesen angekommen ist. Sie hat es scheinbar vergessen, es gibt von da an kein Lebenszeichen mehr von ihr.

Das Telefon von Anna wird nicht mehr abgenommen. Isabel ruft immer wieder an und fragt schließlich bei der Polizei nach. Dort wird sie beruhigt, es sei weiterhin Totenstille auf dem Gelände der Gärtnerei.

Nach einer Woche nimmt sich Isabel Zeit, um selbst vorbeizufahren und sich von Annas Abwesenheit zu überzeugen.

Sie staunt nicht schlecht, im Glashaus sitzt Ghotam gelassen in seiner Meditierecke. Als Isabel eintritt, steht er erfreut auf, ist freundlich und zuvorkommend. Isabel kann ihre Empörung nicht verbergen, doch der Guru breitet beschwichtigend die Arme aus und erklärt, gleich beginne ein Workshop für Transzendenz. Anna mache eine Selbstfindung durch und sei verreist. Es würde sich alles zum Guten wenden. Isabel möge

die dunklen Gedanken beiseiteschieben und an der Veranstaltung teil-
nehmen. Schon kommen Besucher an, Autos fahren auf den Hof der
Gärtnerei, junge Frauen bringen Tabletts mit Limonaden ins Glashaus.
Isabel ist sprachlos, geht langsam zu ihrem Wagen zurück, steigt ein und
fährt nach Hause.

Natürlich versucht sie alles, um Anna zu kontaktieren. Sie bleibt
verschwunden, die Polizei sucht nach ihrer Tochter, die in den USA lebt.
Vielleicht hat Anna dort Zuflucht gesucht.

Doch von Anna ist keinerlei Lebenszeichen aufzufinden.

Auf ihrem Anwesen entwickelt sich das pralle Leben, ein Fest nach dem
anderen wechselt sich mit Workshops ab. Zum Herbst hin wird es etwas
ruhiger, die Temperaturen sinken, die Aktivitäten verebben. Von der
Strasse aus ist gelegentlich eine Feuerstelle im Glashaus zu sehen, sie
dient zum Heizen. Es müsste vielleicht Öl bestellt werden, aber dafür
braucht man Geld.

Als es richtig Winter wird, liegt die Gärtnerei einsam, verlassen und
dunkel da. Die spirituellen Geister haben sich verflogen.

Annas Tochter ist ermittelt worden, die lässt ihre Mutter als verschollen
erklären und gibt dem Drängen des Bürgermeisters nach, das ganze
Areal als Neubauland zu verkaufen.

Die Staudenbeete werden eingeebnet, die Glashäuser abgebaut, das
Wohnhaus niedergerissen. Im Keller befinden sich die Heizöltanks, sie
sollen von einer Spezialfirma ausgebaut und entsorgt werden. Man muss
die Tanks zerschneiden um sie aus den Kelleröffnungen zu transpor-
tieren. Das Öl sollte verbraucht sein, doch ein Behälter ist immer noch
nicht leer.

Bei näheren Nachforschungen stellt sich heraus, dass im Restöl
Leichenteile sind. Ein ganzer Mensch liegt zerteilt im Öltank. So klein
zerschnitten, dass die Stücke durch die Tanköffnung passen.

Die Sensation geht durch die Presse, ein DNA-Test bestätigt die nahelie-
gende Vermutung. Anna Wunderlich ist wieder „aufgetaucht".

Der Guru Ghotam, alias Josef Mittermeier, ist längst über alle Berge.

Friedhof Pérre Lachaise, Paris

Isabel

Diese schrecklichen Erlebnisse sind nicht spurlos an Isabel vorbeigegangen. Sie fürchtet, dass ihre innere Mitte aus dem Gleichgewicht geraten ist. Muss sie ihren Werdegang überdenken, wo will sie hin, was ist ihr Plan im Leben? Ängste machen sich breit in ihrem bisher so zufriedenen Dasein. Sie fragt sich ernsthaft, ob die Motive für ihre Zukunftsplanung die richtigen sind.

Es wird ihr klar, dass sie gar keinen Zukunftsplan hat. Sie ist total damit beschäftigt, ihren Alltag zu gestalten. Vielleicht verzettelt sie sich damit zu sehr.

Isabel sitzt mit ihrer Nachbarin Conny und ihrem Stallhelfer Markus im Wintergarten. Eine Kaffeepause am Vormittag ist wie immer drin.

„Hab ich denn etwas verpasst, mein Leben läuft so gleichmäßig dahin. Ich habe keine dringenden Wünsche nach Veränderung", klagt Isabel. Conny muss schmunzeln: „Mensch Isi, alle beneiden dich, du hast doch alles hier auf deinem Hof."

„Sie braucht eine Herausforderung", stellt Markus fest. „Wir sollten die Fohlen auf der Internationalen Pferdeshow präsentieren und die Zucht voranbringen!"

Isabel ist sofort begeistert. Ein Auftritt in der Öffentlichkeit und vielleicht sogar Prämierungen fördern ihre Bekanntheit und steigern die Preise der Fohlen bei Verkäufen. Sofort kommt sie in Aktion, schaltet den PC ein, um die Termine zu finden. Die größte Fohlenpräsentation ist ganz in ihrer Nähe. Sie will sofort eine Teilnahme melden.

„Soll ich das Hengstfohlen von Missy und das Stutfohlen von Flashy anmelden?" fragt sie Markus. Mit einem breiten Grinsen stimmt er zu: „Da habe ich ja voll ins Schwarze getroffen."

„Darf ich wieder mitfahren?" wirft Conny ein, sie war schon mehrmals dabei auf Pferdeshows und liebt die Atmosphäre. Es ist wie ein Ausflug ins Land der Quarter Horses, nach Amerika. Schon bei der Anfahrt zeigt sich die Veränderung, die Autos werden amerikanischer, die Trailer sind geschmückt mit Westernreklame, man präsentiert seinen Stall und seine Zucht. Pferdeleute tragen Cowboyhüte, Hunde laufen generell frei

herum. Der Geruch von gebackenen Donuts oder Steaks weist den Weg
zum Veranstaltungsgelände mit der großen Reithalle und den Außenreit-
plätzen. Im Hintergrund gibt es großzügige Stallungen für die Unter-
bringung der Pferde, zwei Boxen müssen gebucht werden.
Isabel ist schon voll im Vorbereitungsmodus, meldet zwei Stuten mit
Fohlen und mietet zwei Boxen an. Hotelzimmer brauchen sie nicht, die
kurze Entfernung erlaubt ein Heimfahren nach der Show.
Wie weggeblasen ist die Grübelei, es gibt wieder Herausforderungen.
Isabel wird sich jetzt voll auf ihre Geschicke konzentrieren.
Gut, dass Conny und Markus dabei sind, zu dritt sollte man schon sein,
auf so einer Pferdeshow. Bleibt nur noch das Organisieren eines Stall-
helfers, der an diesem Tag den Hof übernimmt. Isabel denkt an Tom,
den Trainer, der diese Aufgabe schon einmal mit Bravour gemeistert hat.
Ein kurzer Anruf bei Tom genügt und die Organisation steht, er sagt zu.

Isabel ist wieder voll in ihrem Wohlfühlstress. Sie springt wieder auf,
auf den Zug des Lebens, den Zug ihres Lebens. Und ab geht die Fahrt,
sie hat einen ungeahnten Elan, mit dem sie die Boxen ausmistet, das Heu
austeilt und in Gedanken schon die Vorbereitungen für die Show plant.
Markus schmunzelt immer noch, nicht nur, dass Isabel effektiv bei der
Stallarbeit hilft, sondern auch, weil er sie glücklich sieht. Die Weichen
sind längst gestellt, der Pferdehof aufgebaut, die Zuchttiere ausgesucht,
ein hoher Bekanntheitsgrad in der Szene erarbeitet, schöne Fohlen
gezogen. Der Weg muss nur weiter beschritten werden.
Eine Kleinigkeit also, mit Freude und Begeisterung den nächsten Schritt
gehen, die Lorbeeren ernten, mit guten Freunden an der Seite.
Isabel ist längst in der Vorbereitungsphase, wenn die Fohlen mit ihren
Müttern von der Weide kommen, will sie mit dem Training beginnen. In
weiser Voraussicht, dass Markus noch anwesend ist und ihr hilft.
Sie legt schon die Showhalfter bereit, mit Silber besetzte Lederhalfter
für die Fohlen und für die Stuten.
Die Show findet schon in zwei Wochen statt, die Zeit wird knapp, die
Präsentation der Tiere ist entscheidend. Markus wird Missy mit dem
Hengstchen vorführen und Isabel Flashy mit dem Stütchen. Sogar die
Kleidung der Vorführer soll der Show angepasst sein und im Idealfall
mit der Farbe des Fohlens harmonieren. Das sind die Kleinigkeiten, die

auch zum Erfolg beitragen. Die Hauptakteure sind natürlich die Fohlen und nicht zuletzt die stolzen Mütter.

Kurz gesagt, alle Teilnehmer müssen perfekt gestylt sein. Mit den Fohlen muss fleißig gearbeitet werden, sie sollen stolz am Führstrick neben dem Vorführer laufen, locker und elegant. Zuerst hinter der Mutterstute und auch ohne sie quer durch die Arena, an der Hand des Besitzers oder Trainers.

Damit ist es nicht getan, die jungen Pferdchen müssen sich daran gewöhnen, stillzustehen, damit sie auf Hochglanz gebracht werden können. Die Hufe werden optimal geformt, mit Fett eingestrichen und die Mähne zu kleinen Knöpfchen gebunden. Das will beizeiten geübt werden, damit bei der Präsentation alles entspannt abläuft.

Die tägliche Übung wird nicht zu lange praktiziert und endet mit einem Lob, damit kein Tier einen Unwillen entwickelt und freudig mitarbeitet und nicht zuletzt, damit Markus in seinen wohl verdienten Feierabend kommt.

Schon läuft's wieder bei Isabel. Conny schaut am Abend noch einmal vorbei und auch Tom kommt zur Planungsbesprechung. Man feiert die Entscheidung, obwohl es nichts zu feiern gibt, aber ein oder zwei Jackys müssen schon sein. Isabel bleibt beim Wein, sie sitzen lange zusammen. Zum Abschluss gehen sie noch einmal durch den Stall, bewundern die Fohlen, man ist sich schon siegessicher.

Isabel geht glücklich ins Bett und schläft wie ein Baby. Sie empfindet eine tiefe Zufriedenheit, die Platzierung bei der Fohlenshow ist zweitrangig. Sie besitzt hervorragende Pferde mit bewährten alten Blutlinien. Die Nachzucht ist exzellent, es sind Foundationpferde, nervenstark, belastbar, wendig und gut zu reiten. Sie sind muskulös und kleiner als moderne Zuchtlinien.

In der Show werden alle Typen der Quarter Horses nebeneinandergestellt und bewertet. Es ist durchaus realistisch, dass großrahmige, modern gezogene Fohlen besser abschneiden. Wird modernes Blut in Linie gezüchtet, sprich, besonders erfolgreiche Hengste mehrfach eingekreuzt, entstehen Pferde mit herausragender Optik, mit kleinem Kopf und großem Hinterteil. Die Nachteile dieser Züchtung jedoch sind weniger Nervenstärke, zu kleine Hufe und das Auftreten von Erbkrankheiten. Diese Mängel sprechen sich schnell herum, aber nur unter Insidern.

Ein brauchbarer Ausweg aus zu viel „Inzucht" ist immer das Einkreuzen von Foundationblut.

Dann sind die Zuchttiere von Isabel gefragt, sie sind die echten Quarter Horses, sozusagen das Original, die unverzichtbare Genreserve. Von daher braucht sie keine Konkurrenz zu fürchten, die Kenner der Szene können ihre Pferde sehr gut einschätzen.

Die Zucht der Quarter Horses ist gut organisiert. Jedes Pferd hat ein Papier mit Stammbaum und ist im Dachverband, der American Quarter Horse Association in Amarillo, Texas, registriert. Diese Institution hat auch eine Außenstelle, die Deutsche Quarter Horse Association in Aschaffenburg. Jeder Züchter und auch jeder Reiter, der etwas auf sich hält, ist in diesem Verband Mitglied und bekommt damit auch die Zeitschrift „Quarter Horse Journal" mit allen aktuellen Nachrichten über diese Pferderasse. Wer hier inseriert, ist ganz vorne dabei und hat den größten Bekanntheitsgrad.

Allerdings funktioniert auch das Netzwerk der Reiter und Züchter untereinander ausgezeichnet. Neuigkeiten stoßen auf größtes Interesse und werden weitergegeben, beim Kaffee im Reiterstübchen, beim Telefonkontakt bis nach Amerika und gegenseitigen Besuchen zum Pferdeanschauen oder Reitstunden bei bekannten Trainern.

Natürlich machen die großen Ranches den Reibach mit aufwendiger Werbung und siegreichen Trainern. Unwissende Kunden und Pferdeliebhaber fallen leicht darauf herein und kaufen bei den großen Playern. Sie gehen davon aus, dass ein besonders teures Pferd an der Hand eines besonders bekannten Trainers auch das bessere Pferd sein muss.

So verkaufen die Superstables mehr und teurere Pferde, sie müssen allerdings auch viel mehr Geld für ihre Imagepflege und ihre Trainerstars ausgeben.

Ein erfahrener „Pferdemann" gab Isabel den guten Rat: „Mach bei diesem Wahnsinn nicht mit, das Geld siehst du nie wieder!" Und recht hat er. Hinter den großen Ranches mit den Hochglanzprospekten steht oft ein reicher Industrieller, der seine Gewinne vor dem Finanzamt durch Verluste in der Pferdezucht schmälert. Hat man diese Gegebenheiten erst erkannt, kann man getrost bei seinen soliden Pferden bleiben und realistische „Brötchen" backen.

Damit fährt Isabel gut, sie hat einen hervorragenden Ruf unter Pferde-kennern und das Gefühl, alles richtig gemacht zu haben. Ein beruhi-gendes Gefühl, das zum „weiter so" animiert.

„Wer auf seinem Weg bleibt, kann nie überholt werden", denkt sie sich und ist zuversichtlich.

Die Tage bis zur Show verlaufen in gleichmäßigem Arbeitsmodus mit kurzen aber wunderschönen Ausritten am Morgen und Fohlentraining am Abend. Der Show-Auftritt ist Routine, aber immer wieder eine Herausforderung. Diese vielversprechende Teilnahme verleiht Isabel den entscheidenden Kick. Sie erwartet Glücksmomente, die es einzu-fangen gilt.

Der Erfolg beginnt aber schon im Vorfeld, die Weichen sind gut gestellt, der Einklang mit ihren Freunden macht glücklich, gegenseitiges Geben und Nehmen bildet eine solide Basis für gelingende Unternehmungen.

Ihr Pferdehof muss allerdings finanziert werden. Isabel braucht Einnahmen, die ihre Ausgaben übersteigen. So eine Showteilnahme reißt ein Loch in ihr Haushaltsbudget. Die Teilnahmegebühr, die Boxen-miete, die Kosten für die Vertretung im Stall sind die größten Posten.

Ob es sich wirklich lohnt, steht in den Sternen. Vielleicht hätte sie für das Geld Anzeigen in Fachzeitschriften schalten sollen?

Die Entscheidungen liegen allein bei ihr. Sie weiß, der Erfolg stellt sich nicht unmittelbar sofort ein, sie plant auf lange Sicht. Jeder Entschluss ist ein weiterer Schritt auf ihrem Weg.

Isabel schaut gerne nach vorne, entscheidet aus dem Bauch heraus. Ein Luxus, den sie sich leistet und auch leisten kann. Sie hat immer ihr Ziel im Blick, jeder Weg führt dorthin, er muss allerdings gut geplant und bis zum Ende gegangen werden. Er ist immer nur ein Baustein zum Erfolg.

Ihre Meldung zur Fohlenpräsentation, die im Internet einsehbar ist, lockt bereits Interessenten an. Zwei befreundete Pärchen melden sich als Kaufinteressenten für die Fohlen an.

Isabel ist Profi und schlägt einen Termin am späten Nachmittag vor, eine Zeit, in der sie ohnehin mit dem Fohlentraining beschäftigt ist. Natür-lich ist es ihr Hintergedanke, die Pferdchen so am besten präsentieren zu können.

Das Hengstchen und das Stütchen haben schon viel gelernt, sie stehen perfekt da, sind locker, entspannt und laufen stolz am Strick neben

Markus her, kreuz und quer über den Hof. Eine Freude für den Betrachter. Es wird eine perfekte Show inszeniert und den Kunden als alltägliche Situation verkauft, was tatsächlich der Realität entspricht, aber doch gut arrangiert ist.

Man zeigt die Stallungen und die Zuchttiere und landet beim Kaffee im Reiterstübchen im Wintergarten. Die Kunden sind begeistert und kaufen die Pferde sofort, natürlich mit dem Hintergedanken, dass der Preis nach der Fohlenpräsentation steigen könnte.

Doch Isabel ist eine faire Geschäftsfrau, ihr Preis steht fest und würde sich nicht ändern. Aber die Anmeldung zur Show hat sich jetzt schon ausgezahlt. Die Fohlen sind schnell verkauft und was das Wichtigste ist, an einen sehr guten Platz. Die Käufer haben einen eigenen Bauernhof und möchten sich ihr Reitpferd selbst großziehen und ausbilden. Sie haben einen Offenstall mit großen Weiden und schätzen die gesunden und robusten Foundationpferde von Isabel.

Die Vorstellung auf der Fohlenshow soll allerdings wie geplant stattfinden. Für Isabel eine Selbstverständlichkeit, denn Imagepflege ist wichtig. Es macht sich nebenbei ganz gut, wenn die Fohlen schon verkauft sind, das lässt auf eine erfolgreiche Zucht schließen.

Diese feinen Schachzüge findet Isabel genial, sie sind ihre Spezialität und bestärken ihr Selbstbewusstsein.

Alles Grübeln ist verflogen, die Entscheidung ist richtig gewesen, die Pläne können weitergesponnen werden.

Isabel macht Fotos von ihren weiteren drei Fohlen aus diesem Jahr. Markus muss assistieren und die Tiere optisch ansprechend präsentieren. Eine Stunde ist schnell vorbei, Isabel schwingt die Mistgabel, um die Zeit wieder hereinzuholen. Das gelingt spielerisch, dafür muss der Ausritt am Morgen entfallen. Am Nachmittag entwirft sie Verkaufsflyer mit den Bildern am Computer. Der Stammbaum mit den erlesenen Blutlinien, der Beschreibung des wertvollen Charakters und der gesunden Aufzucht der Fohlen vervollständigen die Handzettel, die sie gleich in einer Druckerei auf Hochglanzpapier in Auftrag gibt.

Diese Prospekte sind zum Verteilen auf der Fohlenshow und können sofort im Reiterstübchen ausgelegt werden.

Isabel ist hoch zufrieden. Die neuen Pferdebesitzer, die Käufer der beiden Fohlen, bringen sich freudig in die Vorbereitungen ein. Sie wollen ihr Fohlen selbst vorführen und kommen täglich zum Training. Das ist eine große Erleichterung, helfende Hände sind immer willkommen, das nimmt den Stress und man kann sich auf die Hintergrundarbeiten konzentrieren. Auf das Herausputzen von Stute und Fohlen, auf die Betreuung an der Box, auf Gespräche mit Interessenten und den Kontakt mit befreundeten Züchtern. Kurzum, die Voraussetzungen für einen ruhigen, aber professionellen Ablauf stehen günstig.

Die Vorbereitungen zahlen sich aus, das Hengstfohlen belegt den 2. Platz, ein beachtlicher Erfolg für die Zucht von Isabel und ein Highlight für den neuen Besitzer. Das Stutfohlen wird 4. bei einer sehr starken Konkurrenz von großrahmigen Züchtungen moderner Blutlinien. Ebenfalls ein sehr positives Ergebnis für alle Beteiligten. Man ist mehr als sehr zufrieden, das Wetter ist allerdings grauenhaft, es regnet den ganzen Tag. Müde kommen sie am späten Abend auf dem Pferdehof an.

Zuerst werden die Stuten mit den Fohlen ausgeladen und in ihre frisch eingestreuten Boxen geführt. Jetzt brauche die Tiere ihre Ruhe, sie müssen sich von dem anstrengenden Tag erholen. Die neuen Pferdebesitzer belohnen sie noch mit Karotten und Äpfeln, dann geht`s ab in den Wintergarten, wo ausgiebig gefeiert wird.

Tom ist bestens gelaunt, er findet großen Gefallen an dem Leben bei Isabel auf dem Hof. Er fragt an, ob sie Interesse hätte, ihm vier Boxen für seine Trainingsarbeit zu vermieten. Dann könnte er täglich auf der Anlage arbeiten und wäre auch eine willkommene Hilfe für die anderen Kunden, die ihr Pferd bei Isabel eingestellt haben.

Es ist eine echte Bereicherung für einen Pferdehof, wenn ein Trainer anwesend ist, der Unterricht gibt und bei allen Fragen rund ums Pferd Hilfestellung geben kann.

Isabel ist begeistert, lässt es sich aber nicht anmerken, sie bittet sich Bedenkzeit aus. Ein Trainer auf dem Hof zieht weitere Kunden an, die bringen mehr Unruhe und vielleicht Ärger mit sich, es will durchaus überlegt sein.

Reitkurse, Ferienprogramme für Kinder, das Trainieren begabter Sportpferde, das alles würde den Pferdehof beleben und auch die Einnahmen erheblich steigern.

Sofort schießt ihr die schrecklich Tragödie mit Miriam Vogel durch den Kopf, die ja ein fester Kunde von Tom war.

Isabel will den Vorschlag überschlafen und morgen mit Markus reden, denn er hat den Stall in Verantwortung und wird mehr Arbeit bekommen, das muss abgesprochen werden.

Es war ein gelungener Auftritt bei der Fohlenshow, am nächsten Tag sind alle zufrieden, aber noch müde. Zwei Wochen lang haben sie daraufhin gearbeitet mit voller Konzentration. Heute verlangt Entspannung ihren Tribut. Markus und Isabel verrichten gemeinsam die Stallarbeit, dafür sind die Pausen länger, das ist auch notwendig, denn schon kommen neue Interessenten für die noch freien Fohlen auf Besuch. Die Flugblätter haben ihre Wirkung nicht verfehlt.

Isabel kann sich nicht so viel Zeit wie üblich nehmen, denn es treffen mehrere Besucher gleichzeitig ein. Es entsteht ein Interessentenansturm auf die kleinen Pferdchen, wieder eine perfekte Verkaufssituation. Die Kunden konkurrieren untereinander. Isabel gibt klar zu erkennen, die Fohlen brauchen gute Plätze mit optimalen Aufzuchtbedingungen. Ihre Ansage verunsichert einen Interessenten schon im Ansatz, er fährt wieder weg.
Isabel zieht die Notbremse und macht individuelle Termine für jede Partei aus, damit man sich in Ruhe treffen kann und verabschiedet sich im gegenseitigen Einvernehmen.
Die Entschluss über die Idee mit der Trainingsbasis für Tom will noch getroffen werden. Isabel entscheidet sich für ein Abendessen mit Markus beim Italiener um die Ecke. Auf dem Hof ist zur Zeit keine Ruhe zu finden, Isabel braucht etwas Abstand, um wichtige Entscheidungen treffen zu können.
Der Frust der letzten Tage kommt wieder in ihr hoch. Die Anspannung ist vorbei, die Erfolge sind eingefahren, es macht sich eine unerklärliche Leere breit. Eine seltsame Unzufriedenheit beschleicht Isabel, die Auszeit mit Markus wird ihr nun gut tun. Sie will weg vom Erfolgsrummel, von den Pferdenarren und der Cowboy-Szene, ein mediterranes Ambiente ist genau das Richtige für sie. Hier fallen die Anspannung und die negativen Erinnerungen von ihr ab. Italienische Melodien trällern im Hintergrund, Rotwein wird serviert, Isabel atmet entspannt durch.
Beide schauen sich an und schmunzeln, es ist ihnen klar, einen Trainingsbetrieb mit Schickimicki-Kunden wollen sie nicht haben. Das

wäre schon mal geklärt. Auch wenn der Hof Isabel gehört, so hat das fachmännische Urteil von Markus gleichviel Gewicht.

Es würde sich vermutlich nicht auszahlen, weitere Pferdeboxen müssten angebaut und neue Kunden betreut werden. Der Andrang im Reiterstübchen würde steigen, viel Unruhe und vielleicht sogar Ärger entstehen mit überkandidelten Angebern. Neureiche Pferdefreaks könnten die Oberhand gewinnen auf dem geruhsamen Hof von Isabel.

Der italienische Ausflug, wenn auch nur um die Ecke, hat gezeigt, Isabel ist urlaubsreif, sie muss für einige Tage raus aus dem Alltag. Damit ist das nächste Problem zu beseitigen. Wer übernimmt den Hof für einige Tage? Markus schlägt vor: „Tom scheint eine ruhige Phase mit seinem Training zu haben, wir könnten ihn bitten, eine Woche hier zu wohnen und den Hof zu bewachen."

„Ein Versuch ist es wert", pflichtet Isabel erleichtert bei. „Tom könnte sich einige Trainingskunden einbestellen und auf dem Hof arbeiten."

Gesagt, getan, Tom wird sofort angerufen, er findet die Idee gut und ist nicht traurig über die Absage für einen dauerhaften Trainingsbetrieb bei Isabel.

Schon wieder sind zwei Fliegen mit einer Klappe geschlagen, genauso, wie es Isabel gefällt. Sie kann nach vorne schauen, sie wird einen Urlaub planen.

Vorher nimmt sie Kontakt mit den Interessenten für ihre Verkaufsfohlen auf. Sie vereinbart schöne Termine mit viel Zeit, sie will umsichtig sein und nur gute Plätze für ihre Nachzucht akzeptieren. Es hat keine Eile mit dem Verkauf, die kleinen Pferdchen müssen ohnehin noch einige Wochen bei ihrer Mama bleiben. Isabel hat das Prinzip, dass die Fohlen jedes halbe Jahr etwas teurer werden, damit amortisiert sich die längere Verweildauer der Tiere auf dem Hof. Es ist ohnehin normal, dass Jährlinge mehr kosten als Absatzfohlen.

Sie plant einen Ausflug zu ihrer Schwester ins Allgäu. Irene ist einige Jahre jünger und hat eine eigene Keramikwerkstatt in einem alten Bauernhaus. Dort fühlt sich Isabel immer sehr wohl. Es ist eine andere Welt, bei Irene kann sie Abstand gewinnen von der durchlebten Zeit mit den dramatischen Schicksalen ihrer Freundinnen.

Die Schwester freut sich über den Kontakt und auf den Besuch. Sie wird ein Programm zusammenstellen für Isabel, mit Spaziergängen, gemütlichen Abenden auf Berghütten, einfach allem, was dazugehört zu einem Urlaub im Allgäu. Dass bei ihr leider große Veränderungen anstehen, erzählt sie im Vorfeld aber nicht.

Familiäre Probleme hält man gerne unter der Decke, darum rückt Irene erst damit heraus, als sie gemütlich auf ihrer Lieblingsalm beim Kaiserschmarrn sitzen. Der Himmel hält sich bedeckt, genauso wie die Stimmung von Irene.

Irenes Mann Norbert klinkt sich aus der Beziehung aus und will die Familie verlassen. Eine Tatsache, die Irene nicht so unbedingt belastet, vielmehr ist es die finanzielle Situation, die unlösbar erscheint. Das Paar hat eine Tochter mit 23 Jahren, die noch bei den Eltern wohnt. Norbert besitzt ein Trachtenmodengeschäft und versteht es, seinen Gewinn kleinzuhalten. Wie so oft üblich versucht er, möglichst wenig für Irene zahlen zu müssen. Die Tochter will ohnehin im Geschäft des Papas mitarbeiten und ist sozusagen selbständig.

Irene hat die ganze Ehezeit in ihrer Töpferei gearbeitet, die in dem gemieteten Bauernhaus der Familie eingerichtet ist. Sie konnte sich ihre Zeit immer einteilen, die Produktion rauf- oder runterfahren, grad so, wie es ihre Lebenssituation möglich machte.

Irene hat viele Stammkunden, arbeitet auf hohem Niveau und stellt ihre Arbeiten im Kunstverein aus. Auf jährlichen Töpfermärkten ist sie immer vertreten und gehört zu den beliebtesten Ausstellern. Ihre Arbeiten locken Kunden weit über die Region hinaus an.

Norbert wirft ihr vor, sie müsse nun einmal in ihrem Leben für sich selber sorgen und nicht nur die Künstlerin spielen. Sie wäre immer auf seinen Verdienst angewiesen gewesen und soll nun endlich wirtschaftlich verantwortungsbewusst arbeiten.

Ihr Ehemann verlässt sie nicht nur, er zieht ihr auch noch den Boden unter den Füßen weg, indem er seinen Wohnsitz wechselt und ihr das Haus mit der Werkstatt überlässt, obwohl sie die Miete niemals alleine stemmen kann. Das bedeutet, Irene ist wohnungslos und arbeitslos gleichzeitig und muss eine Scheidung durchstehen, ohne zu wissen, wie sie das irgendwie meistern kann.

Sie ist stark und will sich nicht einschüchtern lassen. Obendrein ist Irene heilfroh, diesen Mann los zu sein. Eine Mischung aus Erleichterung, Freiheitsgefühlen und Existenzangst ist jetzt ihr Begleiter. Die Möglichkeit, aus Notlagen heraus enorm wachsen zu können, ist den Schwestern bekannt. Sie ertappen sich dabei, eine gewisse Euphorie zu entwickeln und bestellen einen Schnaps. Der Tatsache geschuldet, dass sie zu Fuß heimlaufen können, folgt noch ein zweiter Marillenbrand. Nichtsdestotrotz genehmigt man sich auch noch ein Viertel Wein. Die Schwestern haben die gleiche Idee, sie muss nur noch ausgesprochen werden.

Der Pferdehof ist Isabels Eigentum, er verfügt über einen nicht ausgebauten Schweinestall. Dieser Raum hat viel Potential. Seine Schönheit zur Geltung zu bringen, bedeutet jedoch einen hohen Aufwand.

Die Vorstellung, dort eine Töpferei einzurichten, gefällt den Schwestern. Auf dem Heimweg legen sie torkelnd die Marschrichtung fest. Norbert muss den Umzug der Keramikwerkstatt voll bezahlen, inklusive der Ausbaukosten für die Räume auf Isabels Pferdehof. Das ist das Ziel, mit dem Irenes Rechtsanwalt in die Schlacht geschickt wird.

Von nun an ist die Stimmung aufgehellt, die Schwestern laufen die nächsten Tage mit einem Lächeln durch den Ort. Das fällt sogar ihren Bekannten auf, worauf diese nachfragen.

Die Urlaubsplanung geht lückenlos weiter, sie unternehmen noch wunderschöne Wanderungen mit kalorienreichen Almbesuchen. Dabei vergehen die Tage wie im Flug, die Schwestern spinnen Zukunftsgarn.

Isabel fährt wieder zurück auf ihren Hof und Irene arbeitet fleißig vor, damit sie in der Umzugsphase genug Ware zum Verkauf hat, denn sie plant noch einige Verkaufstage auf Töpfermärkten.

Daheim angekommen inspiziert Isabel die bisher ungenutzten Nebenräume auf ihrem Anwesen. Früher soll es ein Schweinestall gewesen sein, ein Gewölbe mit Gusseisen-Fenstern. Der Eingang liegt im Norden und hat einen gepflasterten Vorplatz. Sie sieht es schon vor sich, wie schön es hier werden kann.

Isabel ist glücklich über diese neue Wendung in ihrem Leben. Sie wird ihrer Schwester die Räume für ihre Töpferwerkstatt mietfrei überlassen, allerdings auch keine Unkosten tragen. Sämtliche Einrichtungen wie Heizung, Stromanschluss und Ausbau muss Irene tragen, ansonsten ist das Projekt nicht zu verwirklichen. Aber das wird sich schon ausgehen, ihr Mann Norbert ist wohlhabend genug, diesen Preis für seine neue Freiheit zu bezahlen. Keine Frage, es wird gelingen!

Isabel lässt von ihren Träumen ab, sie will ihre Pferde sichten und sich davon überzeugen, dass der Hof gut versorgt worden ist. Markus ist schon mit der Arbeit fertig und nach Hause gefahren. Tom trainiert mit einem Kunden auf dem Reitplatz. Morgen wird sie ihre Pläne bekanntgeben und hofft auf eine positive Reaktion, vor allem von Markus, der ja irgendwie zum Hof gehört.

Nach einer Nacht mit tiefem Schlaf wird Isabel von der Sonne geweckt, sie fühlt sich gut, rundherum zufrieden. Wohlig genießt sie die innere Freude und überlegt, wodurch sie in diesen Glückszustand gekommen ist.

Die neuen Zukunftspläne erscheinen ihr rundum positiv. Im Wintergarten ist schon für das Frühstück gedeckt. Der Raum ist lichtdurchflutet und Tom steht strahlend am Tisch. Die Woche als Pferdehüter scheint ihm gut getan zu haben.

Isabel fühlt sich wie neu geboren, Markus fährt in den Hof und wird dazugebeten. Um ein gemütliches Zusammensitzen zu ermöglichen, hat Tom die Pferde schon gefüttert. Kein forderndes Wiehern stört die Runde. Der Kaffee dampft, alle grinsen, so kann Glück aussehen.

Es ist Glück, Isabel ist sich sicher, so eine tiefe Zufriedenheit aller Beteiligte ist perfekt. Dabei hat sie noch nichts von ihren neuen Ideen erzählt. Sie genießt die erste Tasse Kaffee und weiß, der Weg ist das Ziel, man muss nie ankommen, es geht immer weiter.

Markus kennt Irene und schätzt ihre Arbeit als Keramikerin sehr. Als er von den Plänen für eine Werkstatt auf dem Hof erfährt, wird sein Leuchten in den Augen noch heller, er ist von der Idee begeistert.

Wieder wissen alle, was er insgeheim denkt. Isabel spricht es aus, eine Kombination von Irenes Keramik und den Skulpturen von Markus ergibt wunderbare Ausstellungen. Regelmäßige Vernissagen bieten sich an, der Pferdehof erfährt eine positive Aufwertung mit Kultur und anspruchsvollem Publikum.

Isabel wusste, dass diese Planung begeistert aufgenommen werden würde. Genauso ist es gekommen, Markus bietet seine Hilfe beim Ausbau der Räume an. Die Futterkammer soll eine kleine Küche werden, ansonsten wird noch eine Toilette benötigt. Der große Raum kommt in seiner ganzen Schönheit zur Geltung, wenn die Keramikwerkstatt und der Ausstellungsraum ineinander übergehen. Der gepflasterte Vorplatz soll mit Sitzgelegenheiten und Skulpturen bestückt werden.

„Gemach, gemach", gibt Isabel zu bedenken. „Irene wird die Planung übernehmen und sich ihre eigenen Gedanken dazu machen wollen." Wieder grinsen alle, denn es ist klar, dass es genauso kommen wird. Aber sie warten ab, bis Irene ihren neuen Wirkungskreis aufsucht.

Mit Vorfreude sichten Isabel und Markus die Räumlichkeiten auf dem Pferdehof, den vergessenen Schweinestall. Futtertröge aus Granit erinnern an die Tiere und sorgen sofort für Diskussionen, ob sie im Raum verbleiben, oder auf dem Vorplatz positioniert werden sollen. Isabel erinnert: „Irene richtet sich hier eine Werkstatt ein!"

Markus wandelt umher und sieht sich schon auf der ersten Vernissage unter den illustren Gästen, die seine Arbeiten bewundern. Er denkt sich bereits schöne Worte aus, mit denen er die Ausstellung eröffnet, bis Isabel zum Aufbruch mahnt:

„Die Pferde warten, an die Arbeit!"

Wieder arbeiten alle zusammen, sogar Tom hilft die Pferde auf die Weide zu führen, obwohl er mit seiner Wochenvertretung fertig ist. Er sucht die Nähe von Isabel, er hat noch einige Fragen, die ihn umtreiben. Beiläufig erzählt er von den positiven Erlebnissen während seiner Aushilfszeit. Sein Reitunterricht wurde gut angenommen, die Schüler brachten Freunde mit und die Nachfrage nach Unterricht wurde immer größer, Reitstunden sind eine echte Marktlücke. Markus hatte sein Pferd Snoopy dabei, es ist gut erzogen und eignet sich hervorragend für Anfänger zum Reiten lernen. Er durfte auch Isabels Jo einsetzen und hatte somit zwei Schulpferde zur Verfügung.

„Ich möchte so gerne Reitunterricht auf deinem Hof geben", kommt es schüchtern aus ihm heraus. „Vielleicht passt es dir an Sonntagen, wenn die Leute Zeit haben?" traut er sich zu fragen. „Das würde auch gut zu den geplanten Vernissagen passen", säuselt er weiter.

Isabels Gesicht heitert sich auf, Reitunterricht ist eine gute Sache, die ihren Pferdehof ergänzt.

Tom schlägt vor, eine angemessene Miete für die Benutzung der Reitanlagen zu bezahlen und die Stundenplanung ganz selbständig zu verwalten. Er könnte immer seinen Snoopy mitbringen und natürlich gegen Gebühr auch auf Jo zurückgreifen, was nicht oft notwendig sein wird. Viele Kunden kommen mit dem eigenen Pferd zum Unterricht, oder Einsteller auf dem Hof buchen eine Trainerstunde und sind dann mit ihrem Pferd schon vor Ort. An Kunden wird es Tom nicht mangeln.

Vorerst bittet Isabel sich Bedenkzeit aus, aber Tom unterstreicht sein Anliegen noch mit einer Einladung zum Abendessen. Die auffällige Freundlichkeit von Tom schmeichelt Isabel, sie willigt in den sonntäglichen Reitunterricht ein.
Es läuft alles nach Plan, der Umzug der Keramikwerkstatt wird vom Anwalt ausgehandelt, die Arbeiten können beginnen. Irene braucht noch eine Wohnung in der Nähe. Conny weiß gleich etwas und nimmt Irene mit zu ihren Nachbarn, die ihr Haus ausbauen und eine Wohnung vermieten möchten. Sie wird in etwa zeitgleich mit dem Atelier fertig werden. Es hat keine Not, denn Irene kann so lange bei Isabel wohnen. Sie will ohnehin die Arbeiten begleiten und den Raum entstehen sehen. Es soll alles fertig sein, wenn der Brennofen kommt.

Alles ist wieder im Fluss der Lebensenergie, das gefällt Isabel. Sie hat neue Kraft, um sich ihren Pferden zu widmen. Die täglichen Ausritte werden wieder aufgenommen, doch die Strecke unterhalb der Felsnasen meidet Isabel immer noch. Sie besucht befreundete Züchter und hat täglich Kunden auf dem Hof. Schnell sind auch die restlichen Fohlen verkauft, alle bleiben zur Aufzucht in ihrem Stall. Ihre Pferdezucht hat drei Standbeine, das Einstellen von fremden Reitpferden, die Zucht von Pferden und den Verkauf dieser Nachzucht. Dann gibt es noch die Aufzucht von Fohlen in speziellen Gruppenräumen mit dazugehörigen Weiden, für Absetzer, Jährlinge und zweijährige Pferde. Wobei einjährige und zweijährige Hengste und Stuten natürlich getrennt untergebracht werden müssen. Das bedeutet, sie hat fünf Gruppenlaufställe, in denen Isabels und auch fremde Fohlen und Jungpferde zusammen aufwachsen. Daher ist es für Isabel unwesentlich, in welchem Alter die Fohlen verkauft werden. Der Preis steigt lediglich jedes halbe Jahr etwas an. Die Tiere sind untereinander Spielkameraden und können gesund aufwachsen. Diese Dienstleistung wird von den Besitzern der Fohlen gerne angenommen.

Es ist eine runde Sache, genauso wie es Isabel liebt. Für sie passt es, wenn alle ihren Vorteil haben und zufrieden sind.

Es wird einige Monate dauern, bis die Töpferei fertig ausgebaut ist. Doch Tom beginnt sofort mit seinem Programm. Pünktlich am Sonntag um elf Uhr fährt er mit seinem Snoopy im Trailer vor und parkt unauffällig am Waldrand. Für Snoopy gibt es einen kleinen Paddock für den Aufenthalt. In der Regel wartet schon ein Schüler mit gesatteltem Pferd auf die Reitstunde mit Tom. Er erzieht sich seine Schüler gut, damit keine Zeit verlorengeht und der Tag genutzt werden kann. Mittag genügt ihm eine Tasse Kaffee, am Nachmittag kommen die Anfänger dran, die Snoopy in Schwung bringen. Länger als zwei Stunden braucht der Wallach aber nicht arbeiten. Tom bestellt Reitschüler mit eigenem Pferd dazwischen, es hat keinen Mangel an Kandidaten.

Trotz guter Organisation schafft Tom höchstens 5 bis 6 Stunden Unterricht. Diese Arbeit ist sehr anstrengend, sie fordert hohe Konzentration, Einfühlungsvermögen und Geduld vom Reitlehrer. Tom ist ein guter Lehrer und seine Beliebtheit steigt stetig, neue Schüler müssen oft abgewiesen werden. Aber es bleibt bei diesem einen Tag für den Unterricht, die Woche über trainiert Tom weiterhin Pferde für den Turniersport, oder reitet junge Pferde ein. Er hat sich in einem Trainingszentrum eingemietet, das über große Reithallen verfügt und sozusagen Turnierbedingungen bietet, an die sich die Pferde gewöhnen sollen. Wild durcheinander reitende Trainer, bellende Hunde, laute Musik, viele Menschen, das alles soll für ein Turnierpferd Routine sein. Es ist von Vorteil, wenn das Training bereits dort stattfindet, wo später die Wettkämpfe abgehalten werden.

Der Unterricht für reitbegeisterte Menschen am Sonntag ist ihm eine willkommene Abwechslung, aber auch eine gute Einnahmequelle, denn seine Stunden haben ihren Preis.

Wenn es passt, sitzt Tom noch gerne mit Isabel zusammen am Abend im Wintergarten. Der ein oder andere Freund oder Kunde ergänzt die Runde, wie es üblich ist, am Reiterhof. Wenn man sich auf den Heimweg macht, bleibt er gerne noch sitzen und schenkt ein Gläschen Wein nach. Dann kann es schon später werden und Tom sieht sich nicht mehr in der

Lage, den Heimweg anzutreten. Zum Glück ist für Snoopy immer eine Box frei, damit auch er ein gemütliches Nachtlager hat.
Die Situation ist am Morgen perfekt für einen schönen Ausritt zu zweit.
Danach verlädt Tom seinen Snoopy wieder im Trailer und fährt winkend davon.

Der Herbst lässt sich schon ahnen, der Nebel liegt länger auf den Weiden, die Menschen werden gelassener, die Tage kürzer. Wie in einer Erholungsphase genießt man die letzten warmen Sonnentage.
Irene arbeitet bei der Renovierung des Schweinestalls mit, es ist wunderschön, zu erleben, wie sich der Raum entfaltet. Sie hat erfahrene Maurer gefunden, die mit altem Gemäuer vertraut sind und das Gewölbe ausbessern. Die Malerarbeiten übernimmt sie selbst, mit der Hilfe von Markus. Der Raum erstrahlt in reinem Weiß zu einem zauberhaften Atelier. Die eisernen Fenster werden schwarz gestrichen, ein perfektes Ambiente entsteht. Irene lässt vor die alten Fenster ein zweites setzten, damit der Raum beheizbar wird. Man plant eine Eröffnungsfeier in der Weihnachtszeit.
Isabel unterstützt wo sie kann. Die Eingangstüre zum Stall ist nicht sehr repräsentativ. Sie kennt einen Trödler in der Nähe, der mit alten Einrichtungsgegenständen handelt. Bei ihm lässt sich eine massive Haustüre mit vier Fensterchen in der oberen Hälfte finden, der dazugehörige Türstock ist auch dabei. Die alten Mauerer wissen sich zu helfen und bauen die Antiquität fachgerecht ein, grad so, als wäre die Türe schon immer dagewesen.
Isabel geht gerne ums Haus herum, um die schöne Fassade ihres ehemaligen Schweinestalls zu sehen. Die Nordseite ihres Hofes schaut nun richtig gut aus. Der Vorplatz mit den alten Pflastersteinen wird ausgebessert und erweitert. Hier legt wieder Markus Hand an. Er platziert zwei steinerne Futtertröge malerisch neben der Haustüre. Seine künstlerischen Fähigkeiten sind gefordert und bereichern die Gestaltung.

Auch die Arbeit von Tom trägt Früchte, es verlangen immer mehr Pferdehalter einen Platz für ihren Liebling auf dem Hof von Isabel. Die ganze Anlage lädt zum Verweilen ein. Gesunde Pferdehaltung und natürlich die Möglichkeit einen professionellen Reitunterricht zu bekommen, ziehen Kunden an. Darum entschließt sich Isabel, noch fünf Boxen mit Paddock zu bauen, obwohl mehr Pferde noch mehr Arbeit mit sich bringen. Es benutzen dann mehr Reiter den Reitplatz, es entsteht eine höhere Kundenfrequenz auf dem Hof, das muss wohl überlegt sein. Isabel wird öfter zur Mistgabel greifen müssen, schließlich ist sie ganz alleine auf sich gestellt, wenn Markus Urlaub, oder seinen freien Tag hat. Es bedeutet natürlich auch mehr Einnahmen, darum macht sie diesen Schritt, mit der Gewissheit, dass es damit genug ist mit der Expansion.

Zum Ausgleich für die Nutzung des Ateliers als Ausstellungsraum will Markus die Mehrarbeit mit fünf weiteren Pferden auf sich nehmen. Er kann es kaum erwarten und stellt schon eine große Skulptur als Leihgabe neben der Einfahrt zum Hof auf.
Isabel ist zufrieden mit der Entwicklung der Situation. Sie hat ein gutes Gefühl bei den Veränderungen. Die Beteiligten können ihre Idee umsetzen und sich vorteilhaft einbringen. So ziehen alle an einem Strang und unterstützen sich gegenseitig.
Jetzt in der dunklen Zeit erleuchtet das weiße Atelier die Nordseite des Pferdehofes und zieht alle Blicke auf sich. Der Wintergarten bekommt Konkurrenz, die Kaffeemaschine läuft jetzt bei Irene in der Töpferwerkstatt heiß, man sitzt gerne dort auf einen Ratsch. Isabel geht immer noch öfter als notwendig um ihr Haus herum, um diesen eindrucksvollen Raum zu bestaunen. Sie erfreut sich so daran, dass sie ihn immer wieder anschauen muss.
Irene kann ihre Scheidung leicht überwinden, sie ist abgelenkt und glücklich bei ihrer Arbeit. Der Brennofen ist angeschlossen, die ersten Brände stehen in den Regalen. Ihre Arbeiten kommen perfekt zur Geltung in dem wunderschönen Raum.
Ihre Anwesenheit hat sich schnell herumgesprochen, Kunden und Neugierige geben sich die Klinke der antiken Eingangstüre in die Hand. Irene verkauft gut, sie kommt mit der Produktion fast nicht nach, nicht zuletzt, weil sie kaum eine ruhige Minute findet.
Auch Markus wird produktiver, seine Arbeiten erwecken Interesse und werden gekauft. Atelierfeste wechseln sich mit Vernissagen ab. Der Ablauf ist zwar immer der Gleiche, doch die Einladungen gehen einmal von Irene und dann wieder von Markus aus. Die Stammkunden

vermischen sich, die Ausstellungen werden zu Events und sind allseits beliebt.

Die Künstler laufen zu ihrer Höchstform auf. Je nach Jahreszeit ist es reizvoll im oder vor dem Atelier. Im Winter, wenn der Schnee glitzert, werden viele Lichter aufgestellt, Feuer angezündet und Stühle herumgestellt, die mit Schaffellen gepolstert sind und zum Verweilen einladen.

So gehen die Jahre ins Land, Isabel etabliert sich mit ihrer Zucht, die Fohlen erzielen hohe Preise, nicht zuletzt weil einige Pferde Turniererfolge einfahren können. Sie werden natürlich vorgestellt von Tom, einem Profi, der sich für Isabel besonders ins Zeug legt. Er trainiert immer eines von ihr mit und bereitet es gezielt auf einen großen Wettkampf vor. Tom begleitet ein junges Pferd beim Aufwachsen und legt in kurzen Einheiten den Grundstein für den späteren Erfolg. Ein Jahr lang lernt er ihm an der Longe in 15 minütigem Training die Grundlagen für ein Arbeiten mit dem Menschen. Dann folgen Monate mit kurzen Übungen im Sattel. Erst mit drei Jahren wird das Pferd richtig geritten. Ein halbstündiges Training, einmal in der Woche, bereitet das Tier gezielt auf die Turnieranforderung vor, lässt es die notwendigen Muskeln aufbauen und lernt ihm, sich unter dem Reiter auszubalancieren. Die letzten Monate nimmt Tom es mit ins Trainingszentrum, wo Perfektion und Kondition aufgebaut werden. Ideal ist, wenn das Pferd schon verkauft ist, dann bezahlt der neue Besitzer das Training, Isabel erntet insgeheim den Ruhm und Tom verdient gut daran.

So kommt das edle Traumpferd unverbraucht, aber optimal vorbereitet in die Arena und kann leicht gute Platzierungen erreichen. Von Tom vorgestellt, machen die Pferde eine Top-Figur und beeindrucken die Zuschauer. Die Zucht von Isabel steigt im Ansehen und lockt Kunden auf den Hof. Das Angebot an Verkaufspferden ist allerdings klein, das treibt die Preise weiter in die Höhe.

Sie verkauft ohnehin nicht an Turnierreiter, sie will dem Pferd ein Leben als Sportgerät ersparen. Die Erfolge ihrer Pferde in Shows dienen lediglich dem Bekanntheitsgrad ihrer Zucht. Die Aufmerksamkeit läuft nun mal über den Sport und der damit verbundenen Öffentlichkeitswirkung. Ihre Traumkunden sind Pferdeliebhaber mit eigenem Stall, die sich ihren Wunsch nach einem gut gezogenen Quarter Horse verwirklichen möchten.

Das jährliche Klassentreffen steht wieder an, als eine traurige Nachricht die Schulkameradinnen erschüttert.

Agnes Peindl ist verstorben, Isabel erfährt es wie alle anderen aus der Zeitung. Schon werden die Whats-Apps und die Telefonnachrichten-Maschinerie angeworfen. Sobald die Nachricht die Runde gemacht hat, will jede wissen, was dahintersteckt. Die Einzelheiten kommen nach und nach heraus, sie entbehren nicht an Tragik.

Agnes ist in einem Supermarkt gestorben, mit einem überfüllten Einkaufswagen. Scheinbar trug sie alle Dinge zusammen, die sie gerne entwendet hätte an diesem Eröffnungstag einer neuen Filiale, in der sie noch keiner kannte.

Sie hat es aber nicht auf sich genommen, die Waren aus dem Konsumtempel zu schmuggeln, sondern Zyankali-Kapseln geschluckt und sich selbst aus dem Staub gemacht. Der Tod muss grausam und schmerzhaft gewesen sein. Sämtliche Kunden liefen zusammen, der Notarzt bahnte sich einen Weg durch die Menschen. Das Aufsehen war grandios, genau das Gegenteil, was Agnes immer anstrebte.

Es war ihr letzter Auftritt, das Ende ihrer Sucht, eine Kapitulation vor sich selbst. Nun war sie von der Sucht befreit!

Wie sich auch herausstellte, hatte sie ihr Winfried endgültig verlassen. Agnes lebte schon ein Jahr alleine.

Über diese Nachricht müssen die Schulkameradinnen lange grübeln, sie verabreden sich zur Beerdigung.

Es ist ein lauer Frühsommertag, an dem Agnes beerdigt wird.

Zehn Schulfreundinnen treffen sich in der Leichenhalle. Ein Häuflein Verwandte und Nachbarn vervollständigt die Trauergesellschaft. Der Ehemann, der geduldige Winfried, kommt in letzter Minute und stellt sich etwas abseits dazu. Die Worte des Priesters sind tröstend und kurz gehalten. Der Tod und seine Umstände scheinen die Anwesenden peinlich berührt zu haben. Auf die näheren Umstände wird nicht eingegangen. Ein kurzes Orgelkonzert rahmt die Andacht ein, dann setzt sich der kleine Trauerzug in Bewegung.

Die Freundinnen haben weiße Rosen dabei, die ehemalige Klassensprecherin bereitete eine Rede vor. In der Erwartung einer kargen Bestattung sprachen sie sich ab und geben der Verstorbenen noch freundliche Worte mit ins Grab.

Agnes war Klassenbeste und auf jede Unterrichtsstunde gut vorbereitet. Während der gesamten Schulzeit machte Agnes eine herausragende Figur, gelobt von den Lehrern und beliebt bei den Schulkameradinnen, hat sie mit besten Noten eine Anstellung bei der Sparkasse der Stadt bekommen. Sie war eine liebevolle Ehefrau und eine perfekte Hausfrau. Der Rednerin fallen noch einige nette Anekdoten aus den letzten Begegnungen und der gemeinsamen Vergangenheit ein, welche die Trauerfeier tröstend abrunden.

Die Menschen am Grab sind berührt, die Beerdigung wird mit einem positiven Eindruck beendet. Die weißen Rosen werden dem Sarg nachgeworfen, es ist niemand anwesend, dem man sein Beileid aussprechen kann.

Die Klassenkameradinnen haben noch einen Plan, sie besuchen die Gräber der bereits verstorbenen Freundinnen. Alle liegen sie auf diesem Friedhof, auch Miriam Vogel. Die Grabstätten sind verwahrlost, oder vom Gärtner gepflegt.

Sie zünden mitgebrachte Lichter an und gedenken jeder Verstorbenen mit einem kurzen Ratsch, ganz ohne Whats-App oder Telefon.

Vielleicht erkennt die eine oder andere das Glück, das jeder immer bei sich hat.

er Bettler oder Kaiser?

Bild Seite 121:
CARL MÜLLER-BAUMGARTEN 1879-1964

RADIERUNG um 1900
Wer war der Tor, wer Weiser, wer Bettler oder Kaiser

Weitere Bücher von Rita Lell

BÄRLAUCH
ein Kleinstadtkrimi

Die Alte Stadt ist Jahrzehntelang arm und verschlafen, bis die Ansiedlung einflussreicher Unternehmen die Grundstückspreise in die Höhe treibt.

Bauunternehmen kommen auf die Idee, mit Neubauten in besten Wohnlagen sehr viel Geld zu verdienen. Der Trick, die Politik einzubinden, steigert ihre Effektivität ins Gigantische. Es entsteht eine Immobilienmafia, der sich niemand entziehen kann.

Iris Moser wohnt in einer beschaulichen, grünen Ecke des Städtchens, eine Tatsache, die Investoren magisch anzieht. Iris ist eine taffe Frau, mit großer Lebenserfahrung. Sie wähnt sich sicher und lenkt ihr Schicksal souverän. Doch schleichend verändert sich ihre Umgebung und zieht sie in einen Abwärtsstrudel hinein, der sie vernichten will.

Bärlauch
ein Kleinstadtkrimi

Rita Lell

Books on Demand
ISBN 9783744833721

Regensburg
Was war und was bleibt
Band I

Rita Lell
Books on Demand
624 Abbildungen
ISBN 978-3-7347-8281-7

Das Buch will ein „Regensburg-Gefühl" vermitteln das gebürtige Regensburger empfinden, Veränderungen bewusst machen und das Interesse auf
Stadtteile lenken, die leicht übersehen werden, aber Regensburg liebens-
wert machen. Durchaus kritisch will die Autorin vermitteln, wie schnell
sich das Bild dieser wunderschönen Stadt wandelt, was früher anders war
und was heute noch den Charme Regensburgs ausmacht, oder auch leider
zerstört wurde.
Ob es sich um die „Untere Wöhrdler Gmoa" handelt, oder die flotte Zeit
im Colosseum, das alte Jahnstadion oder die Reitschule Dobs am Renn-
platz. So mancher Regensburger wird durch die 620 Bilder auf 396 Seiten
an schöne Zeiten erinnert und durch aktuelle Aufnahmen seine Stadt neu
erleben. Ein umfangreiches und interessantes Buch, für Leser die mehr
von Regensburg erfahren möchten.

Regensburg
was war und was bleibt
Band II

Rita Lell
Books on Demand
461 Abbildungen
ISBN 978-3-7412-5181-8

Unveröffentlichte historische Aufnahmen, kombiniert mit aktuellen Bildern, zeigen Regensburg wie es wirklich ist. Fern ab von touristischen Pfaden, aus der Sicht einer Regensburgerin, die Typisches auf den Punkt bringt und den Leser begeistert. Sie zeigt atemberaubende Blicke vom Dom St. Peter, die Geschichte der Wurstkuchl, die beeindruckende Welt der Dombauhütte, die schöne Zeit an der Schillerwiese, warum Keilberg ein außergewöhnlicher Stadtteil ist und sich Regensburg zurzeit so verändert. Technologien verschwinden, Neubauviertel entstehen. In 461 Bildern kann der Leser schmökern, sich erinnern und verstehen, warum die Zucker-Susi nicht mehr fährt, wie es am Winterparadies Dreibäumerlberg ausgesehen hat, oder warum die Kulturszene an der Ladehofstraße verschwunden ist. Ein Buch zum Verlieben, Nachdenken und Genießen.

Mein Regensburg
in Bildern

Rita Lell
Books on Demand
301 Abbildungen
ISBN 978-3-7481-3291-2

Ein Feuerwerk von Regensburg-Bildern mit vielen Details und Farben. Rita Lell ist es gelungen, den in Jahrhunderten gewachsenen Charme der Stadt einzufangen. Als geborene Regensburgerin kennt sie die besonderen Orte und Szenen und ermöglicht dem Betrachter Einblicke in die Seele der Stadt an der Donau. Die 301 Bilder sind 2017 und 2018 entstanden, eine Dokumentation des aktuellen Regensburg-Gefühls mit buckeligen Häuser, atemberaubenden Dachlandschaften, engen Gassen und typischen Straßenszenen. Ein Muss für Regensburg-Liebhaber und für alle, die es werden wollen.

Der Großpudel

der König der Pudel

Rita Lell

Books on Demand
ISBN 978-3-7322-4241-4
148 Seiten
148 Abbildungen

Das Buch räumt auf mit Vorurteilen gegenüber der Rasse und gibt dem Leser Einblicke in das wirkliche Wesen des Großpudels, die Farbvarianten seines Fells und seine Frisurmöglichkeiten.

Drei Großpudelzüchter werden vorgestellt, um ihre Zuchtziele und ihr Wissen über Genetik, Farbvererbung und Welpenaufzucht an den Leser weiter zu geben.

Der Große unter den Pudeln ist ein fantastischer Hund mit überdurchschnittlichen Eigenschaften. Fast in Vergessenheit geraten, erobert er sich seinen Platz als idealer Familien- und Begleithund zurück. Übertriebene Frisurpraktiken haben ihn in Verruf gebracht, ihn aber auch vor Überzüchtung bewahrt. Der Großpudel hat sich als gesunde Rasse bewährt und überzeugt mit Eleganz, Nervenstärke, Freundlichkeit und Intelligenz.

Der Großpudel wird auch Königspudel genannt. Er ist ein treuer, sportlicher und begabter Hund; ganz im Gegensatz zu seinem Ruf als verzärtelter Schoßhund, der gehätschelt und frisiert werden will.

Als Rettungshund, im Hundesport, als Therapiehund oder Wachhund, macht der Pudel eine ausgesprochen gute Figur, denn er zeigt einen großen Arbeitseifer, aber auch ein angenehm ruhiges und anpassungsfähiges Wesen im Haus.

Es lohnt sich, die Rasse näher zu betrachten: es könnte der ideale Hund für Sie sein!

Rita Lell - Christine Czurda - Tanja Golbik

Das Pferdebuch
- Natürlich anders
Pferde dreimal besser verstehen

Books on Demand
ISBN: 978-3-8423-5776-1
270 Seiten
212 Abbildunge

Wertvollstes, praxisorientiertes Insiderwissen, von einer Züchterin, einer Trainerin und einer Tierärztin informativ aufbereitet, verhilft jedem Leser zu einem besseren Pferdeverständnis. Die Themen sind breit gefächert und auf wesentliche praktische Kriterien ausgerichtet. Den Autorinnen ist es ein Anliegen, alte Zöpfe abzuschneiden, kritisch zu hinterfragen und häufig auftretende Verunsicherungen zu beseitigen. Das Buch greift ganz wesentliche Punkte der Pferdezucht, Pferdehaltung, dem Reiten und Pferdesport auf, die für ein harmonisches Zusammenleben mit Pferden nahtlos ineinander übergehen und unverzichtbar sind. Alle Texte und Empfehlungen verfolgen einzig und allein das Ziel, dass ein gesundes, ausgeglichenes Pferd in einer naturnahen Haltungsform seinem Mensch einfach eine große Menge Spaß und Freude in einem harmonischen Beisammensein schenken kann. Wer sein Wissen über Pferde vertiefen und besser mit seinem Pferd zusammen arbeiten möchte, wird viele AHA–Momente bei dieser Lektüre erleben.

Bild: Hufpflegerin bei der Arbeit

Pferde leiden leise. Eine erfreuliche Zusammenarbeit mit dem Pferd gelingt nur, wenn artspezifische Bedingungen erkannt und erfüllt werden. Unsere gebräuchlichen Haltungsformen verstoßen häufig gegen die einfachsten Grundvoraussetzungen für ein pferdegerechtes Leben.

Reiten ist nicht nur eine Technik, sondern vielmehr ein Miteinander von Mensch und Pferd, bei dem das Pferd im Fokus des Interesses steht. Das Pferd ist ein scheues Wesen, das ganzheitlich betrachtet werden soll, nicht nur als ein respekteinflößendes großes Tier, das man mit diversen Hilfsmitteln beherrschen muss.

Das Pferd ist kräftemäßig weit überlegen, aber auch fein, sanft und sensibel, es gilt, sich mit diesem Tier in Einklang zu bringen, denn anders kann eine Harmonie nie zustande kommen.

Und das soll dann alles gewesen sein -
ein Leben ganz ohne den Wind?
Versorgt und verplant und ohne Idee,
was wir wollen und wer wir sind.
Und das soll dann alles gewesen sein -
probieren, studieren, stolzieren,
um unser Versagen dann irgendwann
etwas besser zu interpretieren?
Und das soll dann alles gewesen sein -
Glück und Tränen verflogen?
Einsilbig alles zu Ende gedacht
und um Ewigkeiten betrogen.

(Text aus dem Lied: - Und das soll alles gewesenn sein -
von Konstantin Wecker)